LE CHIEN COUCHANT

Née en 1935 à Cajarc dans le Lot, Françoise Sagan grandit à Paris puis passe les années d'Occupation entre Lyon et le Dauphiné où son père dirige des usines. Elle revient à Paris après la guerre où elle poursuit ses études. C'est après son deuxième bachot qu'elle s'inscrit en propédeutique à la Sorbonne ; c'est pendant cet été de bachotage que nous pensons qu'elle a achevé le manuscrit de *Bonjour tristesse*. Le roman est publié et connaît dès sa sortie un succès fulgurant. Elle a dix-huit ans. Elle fait la connaissance du Tout-Paris littéraire et artistique, et voyage. En 1956, son deuxième roman, *Un certain sourire*, confirme sa présence d'écrivain ; le livre est également un succès. On décrit Françoise Sagan comme ayant adopté un style de vie qui fait scandale et cela contribue à une image qu'elle ne pourra plus quitter : alcool, casinos, boîtes de nuit et voitures de sport. Victime en 1957 d'un très grave accident de voiture, elle est soignée au Palfium 875 dont elle restera dépendante de très nombreuses années après. Elle a publié une trentaine de romans, dont des recueils de nouvelles, une dizaine de pièces de théâtre (notamment *Un château en Suède*) et participé à l'écriture de scénarios. En 1985, le prix Monaco récompense l'ensemble de son œuvre. Ruinée et gravement malade, elle meurt le 24 septembre 2004 à quelques kilomètres de sa maison de Honfleur.

Paru dans Le Livre de Poche :

BONJOUR NEW YORK
DES BLEUS À L'ÂME
DES YEUX DE SOIE
LA FEMME FARDÉE
LE LIT DÉFAIT
LA PETITE ROBE NOIRE
TOXIQUE
UN ORAGE IMMOBILE
UN PEU DE SOLEIL DANS L'EAU FROIDE
THÉÂTRE
Un piano dans l'herbe/Il fait beau jour et nuit/
L'Excès contraire
UN PROFIL PERDU

FRANÇOISE SAGAN

Le Chien couchant

ROMAN

STOCK

La première édition de ce livre a paru en 1980
aux éditions Flammarion.

ISBN : 978-2-253-15685-7 – 1re publication LGF

À Massimo Gargia.

Je tiens à remercier ici M. Jean Hougron pour son concours involontaire. C'est en effet dans son excellent recueil de nouvelles, Les Humiliés, *paru chez Stock, que j'ai trouvé le point de départ de cette histoire : une logeuse, un humilié, des bijoux volés. Même si par la suite j'ai totalement transformé et ces éléments et cette histoire, je voulais au passage le remercier d'avoir provoqué chez moi par son talent cette folle du logis : l'imagination, et lui avoir fait prendre un chemin pour moi inhabituel.*

F. S.

La comptabilité avait été reléguée au fond de la dernière cour, dans un petit bâtiment de briques jadis rouges, le seul encore debout de l'ancienne usine Samson. De sa fenêtre, Gueret voyait devant lui, à perte de vue, ce paysage si plat où se dressaient, comme au hasard, quelques malheureux terrils abandonnés ou déjà à demi réabsorbés par la terre, mais plus nombreux quand même que les arbres, les trois arbres piqués droit parmi eux dont la lente et poussiéreuse agonie n'offrait même pas les poses de la crucifixion. Le plus haut des terrils, le plus proche aussi de Gueret, s'interposait chaque soir entre lui et le soleil couchant et contraignait celui-ci à étirer son ombre chaque fois de la terre chauve du champ jusqu'au mur d'enceinte. Chaque soir aussi, il semblait à Gueret que cette ombre allait déborder le mur, atteindre la fenêtre d'où il la regardait, et cette erreur visuelle lui faisait l'effet d'une menace : il fallait que Gueret passe devant ce terril et les deux autres, pour rentrer chez lui, et il aimait bien, malgré leur tristesse, les mois d'hiver qui le dispensaient de marcher dans ces ombres-là.

— Vous avez fini les comptes pour l'expédition de Touraine ?... Non ?... Ah pardon... c'est vrai qu'il est six heures moins dix : Monsieur Gueret est pressé de partir...

Mauchant était entré sur la pointe des pieds, comme d'habitude, et s'était mis à aboyer tout de suite, comme d'habitude, faisant sursauter Gueret. Ce n'était pas dans ses conséquences pratiques que la haine de Mauchant inquiétait Gueret : il se savait assez plat, assez consciencieux, assez obscur dans cette usine pour que l'idée même de son renvoi soit inimaginable. C'était plutôt l'absolue gratuité de cette haine qui le troublait. Ce n'était pas l'agacement condescendant d'un chef comptable pour son subordonné. C'était autre chose. Et personne, ni Gueret, ni sans doute lui-même, Mauchant, ne savait pourquoi ni comment cette haine était devenue si évidente et, d'une certaine façon, si inexcusable.

— Mais je les ai finis, monsieur, dit Gueret en se levant et en fouillant machinalement dans ses papiers, pourtant rangés en petits tas méticuleux devant lui.

Et les mains devenues moites, le rouge au front, il cherchait avec désespoir ces papiers prêts depuis trois heures, mais en les retrouvant, en les tendant à Mauchant, il s'en voulut de son soulagement.

— Voilà... bafouilla-t-il, d'une voix trop forte, voilà... Justement c'est ici que...

Mais Mauchant était déjà parti et Gueret resta immobile, ses papiers à la main, avant de hausser les épaules. La sirène retentissait dans la cour, déjà, et donc Mauchant avait menti : il n'était pas six heures moins dix mais six heures moins deux quand il avait commencé à hurler. Gueret enfila son imperméable, non sans mal, car la doublure de sa manche était décousue ; cela faisait une semaine à présent qu'il se promettait de la recoudre.

Dehors, et malgré la douceur de l'air, Gueret releva son col, fit quelques pas jusqu'au café du coin, Les Trois Navires à l'inexplicable enseigne, et colla son œil à la vitre. À l'intérieur, il y avait les mêmes que la veille, que l'avant-veille, que demain : les quatre employés de Samson qui commençaient leur belote, les deux jeunots au flipper, le concierge ivrogne au zinc, les deux amoureux dans leur coin, et Jean-Pierre, le patron morose, qui surveillait sans indulgence la nouvelle serveuse un peu louchonne.

Nicole aussi était là, avec Muriel, son inévitable amie Muriel, et elles regardaient vers la porte, toutes les deux. Gueret hésita. Il lui semblait qu'elles le voyaient et malgré lui il recula d'un pas. Avec un vague signe de dénégation – adressé on ne savait à qui –, il repartit, faussement pressé, vers les terrils.

Il avait plu dans l'après-midi, et c'était un soleil mouillé qui faisait luire les aciers et les briques du paysage tandis qu'il marchait d'un pas rapide, le pas d'un « homme efficace » pensait-il. À vrai dire, marcher vite lui ôtait la possibilité de choisir ses gestes, de placer ses mains ; marcher vite lui supprimait toutes les libertés effrayantes du flâneur, le déchargeait de lui-même, de son grand corps malencontreux – qu'il ressentait comme tel en tout cas depuis sa puberté.

Le chien sortit de la maison au même instant que les autres jours et se mit à le suivre, adoptant son allure aussitôt. Tous les soirs, sans que Gueret sût pourquoi, ce chien l'accompagnait cinq cents mètres : il ne venait pas à sa rencontre, mais il s'arrangeait pour que son chemin croisât celui de Gueret, et à ce moment-là il partait sur ses talons pour s'arrêter un peu avant la pension ; là, il le regardait entrer, disparaître à l'intérieur avant de repartir chez lui dans son petit trot inégal de chien pensif.

Gueret était sorti de l'ombre du premier terril, et il s'arrêta pour allumer une cigarette. Le vent, un vent du soir qui pour la première fois avait une odeur d'herbe et de campagne, éteignit une, puis deux, puis trois allumettes. La quatrième lui brûla les doigts et, d'énervement, il jeta la pochette avant d'en chercher une autre. La première allumette flambait, naturellement, après coup, par terre, là où il l'avait jetée ; Gueret lui lança un coup d'œil machinal : quelque chose luisait dans les charbons noirs et il fit un pas vers cet éclat insolite : ce quelque chose émergeait des boulets, quelque chose comme une chaîne y étincelait, et, en se penchant, il s'aperçut qu'elle était reliée à une montre ouvragée, elle-même emmêlée à une autre chaîne. Gueret s'accroupit, écarta deux cailloux et vit alors, sous les boulets, une pochette de cuir beige, à présent noire de poussière. Elle était bosselée, pesante, et il l'ouvrit, les mains tremblantes d'excitation, comme s'il avait su, avant de les voir, qu'elle renfermerait ces rubis étincelants, ces bagues, ces colliers, ces montures anciennes, ces superbes bijoux bref, qu'instinctivement il devinait vrais. Il en était si sûr qu'il rabattit aussitôt quelques pierres dessus pour les cacher et qu'il se retourna, jeta un regard honteux derrière lui, à droite, à gauche, un regard de coupable. Mais derrière lui il n'y avait que le chien pour le regarder, le chien qui s'était rapproché, qui gémissait d'excitation, qui remuait la queue devant sa découverte.

— Va-t'en ! dit Gueret à voix basse, va-t'en !

Un instant, il avait eu l'impression que le chien voulait lui prendre ce qui était déjà son bien. La peur, le plaisir, sa colère rentrée et sa crainte de Mauchant, tout cela lui fit lever une main menaçante, et le chien recula, les oreilles basses. Gueret repoussa les cailloux et mit l'objet dans sa poche. Il se releva, le cœur battant, s'essuya le front. Il était trempé, trempé de sueur, il tremblait ; mais en regardant la petite ville écrasée là-bas, immobile, la petite ville qui ignorait tout de sa découverte et de sa propre existence, il eut un sentiment de triomphe, un élan de plaisir qui le souleva et le fit s'étirer au soleil en un geste qui lui allait aussi mal que possible. Il était riche ! Il était, lui, Gueret, un homme riche ! Pris d'un remords tardif, il appela le chien, tendit la main vers lui pour la première fois, tenta de lui caresser la tête. Mais le chien avait eu peur, il avait les yeux pleins de reproches et il recula avant de s'enfuir vers chez lui, la queue entre les jambes. Un instant, cela parut mauvais signe à Gueret ; mais, quand il repartit à grands pas, son allure avait changé ; il avait la tête droite, les mains dans les poches, et sa vieille cravate volait au vent.

Sa pension de famille s'appelait « Les Glycines », sans doute à cause de la glycine accrochée autour de la porte et qui, loin d'être étouffée par la suie comme le reste de la maison, brillait au contraire au soleil, luisante et verte, ce que remarqua Gueret pour la première fois. Pourtant il n'arrivait pas à imaginer un instant sa logeuse, Mme Biron, en train de l'épousseter. C'était même la dernière chose à supposer de sa part. Il poussa la porte, s'essuya les pieds et, au lieu d'accrocher son imperméable à la patère de bois, dans le couloir triste, il le referma étroitement autour de lui. La porte de la cuisine était ouverte comme d'habitude, il s'arrêta un instant sur le seuil et dit « Bonsoir » d'une voix neutre. C'était une pièce grande, propre, qui aurait même été accueillante si la femme qui y trônait n'eût pas présenté ce dos hostile : le dos d'une femme mince, vigoureuse, aux cheveux noirs et brillants, et qui, quand elle se retourna vers la porte, montra un visage tout à fait inexpressif, inanimé, qui avait dû voir bien des choses en cinquante ou soixante ans et qui en avait été souvent dégoûté, un visage fermé où détonnaient des yeux intelligents, avides, des yeux qui détonnaient aussi avec le tablier noir, les grosses chaussures et l'aspect primaire qu'elle s'était visiblement imposé. Et, comme il avait vu le vert de la glycine pour la première fois, pour la première fois Gueret vit qu'il y avait quelque chose de maquillé chez cette femme si ostensiblement asexuée.

Elle lui jeta un coup d'œil méprisant, las, et lui renvoya son « Bonsoir » d'une voix brève. Il monta les marches sur la pointe des pieds et entra dans sa chambre. C'était une chambre étroite et longue avec une commode, un lit, une chaise de bois peint ; un napperon en crochet sur la table, du même point que le couvre-lit, et une statuette de la Vierge sous verre sur la cheminée en étaient les seuls superflus. La fenêtre donnait elle aussi sur le terril et Gueret l'ouvrit, s'accouda à la croisée, regarda son terril avec une sorte de complicité. Dans le soleil, le terril entier lui semblait en or mais, quand il baissa les yeux, ce fut pour voir en dessous de lui, entourés d'un grillage, les salades, les pommes de terre et les trois géraniums qui formaient le jardin de Mme Biron. Gueret ferma la fenêtre, donna un tour à la serrure de sa chambre, ôta son imperméable et ouvrit le sac sur son lit. Déplacés et somptueux, les bijoux étincelaient sur la couverture de crochet. Gueret, assis au pied du lit, les regardait comme il eût regardé une femme inaccessible ; et d'ailleurs, après un instant, il se pencha et posa la joue sur les pierres froides. Le soleil, à présent rose dans le ciel nettoyé, traversait la fenêtre et doublait l'éclat des bijoux.

Le lendemain, un tramway brinquebalant amena Gueret au centre de la ville ; un Gueret vêtu en samedi, c'est-à-dire d'un complet de velours côtelé qui étriquait son grand corps ; et le bijoutier chez qui il entra jeta vers lui un regard sans enthousiasme. Mais, quand il vit la pierre – la plus petite des pierres – que Gueret avait apportée et lui montrait, l'air désinvolte, son expression changea :

— C'est le seul bijou de ma mère, dit Gueret très vite, d'un air gêné, et comme on a des ennuis d'argent…

— Vous pourriez en tirer dix millions, dit l'homme, dix millions au bas mot. C'est une très belle pierre, très pure…

Sa voix était interrogative et Gueret, malgré lui, commença à s'expliquer :

— Nous l'avions depuis cent ans… Ma grand-mère…

Il bafouillait encore en fermant la porte.

Il traversa la place et s'arrêta devant un magasin d'appareils photo, puis plus loin devant un magasin de bagages, puis un peu plus loin devant une agence de voyages aux affiches multicolores. Son visage exprimait une attention passionnée mais teintée de surprise plus que de convoitise.

Dans les bottes de caoutchouc où, en revenant, il enfonça aussitôt les mains, les bijoux enveloppés de Kleenex dormaient toujours. Gueret les laissa là et vint s'allonger sur son lit. Il tira la pierre étincelante de sa poche et la fit tourner dans sa paume un long moment avant d'ouvrir le dépliant qu'il avait pris à l'agence de voyages et de se pencher sur des photos de plages, de palmiers et d'hôtels ensoleillés.

Il dînait dans une petite pièce au rez-de-chaussée, près de la cuisine, à la même table que M. Dutilleux, employé à la SNCF, veuf et taciturne, et dont il fit remarquer l'absence à Mme Biron comme elle posait le potage devant lui. Elle lui rappela que M. Dutilleux allait voir sa fille tous les premiers samedis du mois, à Béthune. Rassuré, Gueret ouvrit le journal et commença à manger sa soupe. Comme d'habitude, Mme Biron faisait son service sans un mot. Aussi ne leva-t-il pas la tête quand, une demi-heure plus tard, elle posa le dessert devant lui. C'était une compote de pommes, constata-t-il tout d'abord en repliant son journal, mais elle était flanquée d'une bouteille de champagne.

Gueret devint rouge, puis se leva à demi et appela « Madame Biron » d'une voix enrouée. Elle vint à la porte, toujours tranquille ; il ne lut rien dans ses yeux. Elle lui paraissait soudain terrifiante.

— Qu'est-ce que c'est ? Pourquoi ce champagne ? demanda-t-il avec une colère subite.

Il était prêt à s'emporter, à l'accuser d'avoir fouillé dans sa chambre, à s'exaspérer, mais elle lui envoya un sourire charmant, un sourire qu'il ne lui connaissait pas – elle ne lui avait en fait jamais souri – et elle dit :

— J'ai reçu une bonne nouvelle aujourd'hui, monsieur Gueret. J'aimerais que vous buviez cette bouteille avec moi.

Il se rassit, les mains tremblantes, et c'est elle qui dut ouvrir la bouteille. Elle le regardait en souriant, « l'air supérieur », trouvait-il, et ils burent la bouteille sans dire grand-chose, tout seuls dans la salle à manger étriquée, sans qu'il sache à quoi s'en tenir. Il balbutia « Merci, bonsoir » avant de rentrer dans sa chambre, et là il tira les bijoux de ses bottes, jeta autour de lui un coup d'œil circulaire et affolé – car toutes les cachettes qu'il trouvait lui semblaient minables. Il finit par s'endormir en chien de fusil, la pochette de cuir sous son oreiller.

Le dimanche passa comme les autres dimanches. Il regarda les sports à la télévision, alla au cinéma avec Nicole, puis dîner chez elle après le cinéma. Elle ne comprit pas pourquoi il ne restait pas lui faire l'amour comme les autres dimanches, mais elle en fut plus intriguée qu'humiliée. Dans ce domaine aussi, Gueret était très consciencieux.

Il faisait très beau ce lundi, et Gueret, de bonne humeur, jetait de temps en temps des coups d'œil gais vers son terril si longtemps méjugé. À six heures moins une, soudain brûlant de retrouver ses bijoux, il se levait lorsque Mauchant fit une de ses irruptions tonitruantes :

— Alors, Gueret, bien reposé ce week-end ? Pas trop fatigué ? En forme, hein ?... Hein ?

Gueret ne le regardait pas, mais, comme il passait derrière lui pour attraper sa veste, Mauchant recula d'un pas et le bouscula légèrement.

— Vous pourriez faire attention !... hurla-t-il, mais il s'arrêta net.

Gueret s'était retourné vers lui, l'air féroce, et lui jetait entre ses dents, les mâchoires bloquées par la colère :

— Vous allez me foutre la paix, Mauchant ! Vous allez me foutre la paix maintenant ! sur un ton si peu interrogatif que Mauchant, terrifié, recula et dégagea la porte.

Et c'est par la fenêtre que, stupéfait, il vit Gueret marcher à grandes enjambées sur le chemin du terril. L'expression de Mauchant était affreuse à voir à force de fureur et de honte, mais le petit aide-comptable qui avait assisté à la scène souriait de bonheur tout en baissant les yeux sur ses comptes. Mauchant sortit en claquant la porte.

Gueret jouait avec le chien près du terril. Il envoyait un bout de bois que l'animal lui rapportait, et Gueret, gambadant lui aussi, avait subitement l'air du jeune homme qu'il était. Il riait, il appelait le chien « Pluto » ou « Milou » ; il avait même apporté une boîte de biscuits, qu'assis près du terril ils partagèrent.

Il rentra en sifflotant, s'arrêta à la porte de la cuisine, dit « Bonsoir » d'une voix gaie, mais la cuisine était vide, ce qui le dépita sans raison. Il entra dans sa chambre et s'immobilisa : les murs tristes étaient couverts des affiches multicolores de l'agence de voyages, et des baigneuses en bikini veillaient sur les napperons de crochet. La chambre en était complètement changée. Après quelques instants, mais sûr de ce qu'il allait trouver, il ouvrit le poêle et en retira l'arrière-fond : les bijoux y étaient et, comme découragé, il les remit dans leur cachette. Il s'assit sur le lit et soudain se releva, descendit en courant : la cuisine était toujours vide.

Il courut tout le long du chemin et entra essoufflé dans le café des Trois Navires. Nicole y était avec Muriel, et sur leur table le journal étalait son gros titre : « Meurtre à Carvin. Le courtier assassiné », mais sur le coup cela ne rappela rien à Gueret – sans doute à cause du mot « courtier » qui rendait un son sportif à ses oreilles. Seul le nom « Carvin » lui fit continuer sa lecture, distraitement : « La victime, le nommé Gruder, habitait la Belgique... activités assez louches... repéré aux frontières... » Et soudain le mot « bijoux » lui sauta aux yeux : « La veille, la victime avait montré un lot de bijoux à un créancier pour le faire patienter... D'une valeur énorme, environ huit millions de nouveaux francs d'après le créancier... » Il se tourna vers Nicole qui gloussait avec Muriel et demanda :

— Vous avez vu ça ?

Il leur montrait le journal et elles poussèrent des cris d'horreur de bonne femme. Figé, il les écoutait piailler.

— Dix-sept coups de couteau... C'est horrible quand même... disait Muriel. Le pauvre type n'était même pas mort quand l'autre l'a jeté dans l'eau.

— Quel autre ? demanda-t-il machinalement.

— Le meurtrier. On ne sait même pas qui c'est. Il a embarqué les bijoux en tout cas, c'est sûr.

— Pas fou, non ? dit Muriel. Huit cents briques…

Oui, Muriel était plus cynique, plus excitante donc que Nicole. Celle-ci s'indignait et l'autre la raillait :

— Eh bien, quoi… ça ne te plairait pas qu'on te les offre, ces bijoux ? Imagine qu'il t'en donne un, ton amoureux…

Elle désignait Gueret du menton, mais Nicole, gênée, rougissait, disait à sa compagne : « Je ne lui demande rien », d'un air digne qui exaspéra subitement Gueret :

— Si, dit-il. Tu me demandes de passer toute ma vie ici, chez Samson : toi à la maison avec les gosses et les allocations familiales, et moi au bureau avec Mauchant sur le dos. C'est ça que tu me demandes !…

Sa voix tremblait, il se sentait la gorge serrée, comme victime d'une injustice. Les deux filles, ébahies, le regardèrent se lever et disparaître vers le grand terril.

Quand il arriva à la pension, il se réjouit, puis s'étonna de voir Mme Biron sur le seuil. Elle semblait regarder vers lui et il se retourna deux fois en marchant, mais il n'y avait personne derrière lui. C'était la première fois qu'il la voyait à la porte. Il s'arrêta devant elle et dit « Bonsoir » d'une voix interrogative, mais elle le regardait sans rien dire, le visage bizarrement épanoui. Elle lui barrait le passage. Et elle mit une bonne minute à s'effacer tout en disant : « Bonsoir, monsieur Gueret » d'une voix déférente dont il ne comprit pas la raison, même en voyant le journal ouvert sur la table de la cuisine.

Dutilleux, le veuf, était rentré de son week-end chez sa fille. Il avait étalé des photos de son petit-fils sur sa table, dans la salle à manger. Il tourna vers Gueret un visage congestionné et hilare.

— Regardez, monsieur Gueret, c'est mon petit-fils. Il a huit jours. C'est pas beau, ça ?

— Mais si, dit Gueret gêné. Et là, c'est votre fille ?

— C'est la maman, oui. Pas mal, hein, la fille du vieux Dutilleux ?

Le vieux avait bu un verre de trop. Il reniflait et riait aux anges alternativement, et, des yeux, Mme Biron indiqua la bouteille de Byrrh à Gueret. Elle souriait d'un air complice et Gueret se surprit à lui rendre son sourire.

— Prenez donc un Byrrh, monsieur Gueret, dit-elle. M. Dutilleux arrose ce soir.

— Oui, oui... Le grand-père paye à boire, disait l'autre en bégayant. Ah, vous verrez, monsieur Gueret, ce que c'est mignon les tout-petits, quand vous en aurez à vous... Vous serez gâteux, je parie. Hein, madame Biron ? Il sera bien en papa, M. Gueret ?

Et comme elle ne répondait pas, le dos tourné, il insista :

— Il ne sera pas bien en papa, M. Gueret ?

— Non, dit la femme toujours de dos. Il n'a pas une tête de papa, M. Gueret. Il n'a pas non plus une tête de criminel, vous me direz ! Il a même une tête de brave homme !...

— Alors, vous voyez bien, jeune homme... conclut le vieux en se penchant sur son potage.

Gueret resta pétrifié, comprenant tout à coup : cette femme le croyait coupable de meurtre. Bien sûr, elle le croyait coupable, puisqu'il avait les bijoux ! Alors, pourquoi n'avait-elle pas appelé la police ? Pourquoi était-elle sur le pas de la porte avec cette expression maternelle ? Il la regardait fixement tandis qu'elle venait vers lui avec la soupière. Elle la posa devant lui et le regarda à son tour bien en face. Alors, désemparé et rougissant, se montrant du doigt d'abord, puis le journal, et secouant l'index ensuite, il lui fit silencieusement toute une pantomime de dénégation. Mais elle ne broncha pas, ne parut ni comprendre ses mimiques ni d'ailleurs s'en étonner. Peut-être voulait-elle lui faire croire qu'elle ne savait rien ? Peut-être attendait-elle qu'il dorme pour appeler les flics ? Il fallait qu'il lui parle absolument tout à l'heure, dès que le vieux schnock serait couché... Mais le grand-père éméché ne les lâchait pas.

— Vous avez lu cette histoire à Carvin ? demandait-il en secouant le journal. Ah ! Quelle époque ! Tuer un homme pour des cailloux…

— De jolis cailloux, dit Mme Biron. Trop jolis peut-être…

— Pourquoi trop jolis ? demanda Dutilleux.

— Ces bijoux-là sont reconnaissables, dit-elle. Le type se fera piquer en essayant de les revendre. À qui voulez-vous qu'il les fourgue, d'abord ? Il faudrait qu'il connaisse des gens du milieu qui lui prennent le lot.

Elle s'inquiétait aussi pour les bijoux, nota Gueret. Elle devait penser qu'il les promenait en ville, elle l'avertissait : donc elle n'allait pas le donner. Il se sentait à la fois soulagé et vaguement déçu : Mme Biron n'avait rien de mystérieux, finalement, elle voulait une part du fric, c'était tout. Il eut envie de la défier.

— Alors, il faudrait qu'il partage avec les autres, dit-il. Ce n'est peut-être pas son idée.

— Il n'a pas le choix, dit la femme, péremptoire. Avec les flics sur le dos, un meurtre pareil…

— Ça, dites donc, dit le vieux plongé dans l'article. Ce type, quel sadique ! Dix-sept coups de couteau… C'est un anormal.

— Allez savoir… Un homme costaud, en colère, ça peut faire n'importe quoi…

Mme Biron avait la voix lointaine et, Gueret n'en croyait pas ses oreilles, admirative. Elle le trouvait costaud… Il l'était d'ailleurs. Il étira son bras, serra le poing, vit le muscle gonfler sous le tissu mince de sa chemise, et tout à coup en tira un plaisir inconnu. En relevant les yeux, il croisa ceux de la femme, il rougit. Elle le regardait, elle regardait son bras gonflé, son poing serré, avec une sorte de respect sensuel. Il desserra sa main, son bras, lentement. Il se sentait sans force tout à coup, vidé. Il n'avait plus envie de lui parler, de la persuader, mais en même temps il savait qu'il préférait qu'elle le regarde avec cette admiration atroce qu'avec son dédain habituel.

— Je vais me coucher, disait le grand-père en se levant, titubant.

— Donnez-lui un coup de main, monsieur Gueret, dit la femme avec brusquerie. Il va tomber.

Elle avait repris son ton « d'avant », et Gueret qui s'était aussitôt levé sur son ordre, comme à la voix de Mauchant, ne supporta plus cette intonation et se rassit délibérément, l'air buté.

— Ne vous dérangez pas, monsieur Gueret, je trouverai bien mon lit quand même…

Le vieux faisait le fier mais il trébucha sur une chaise, battit des bras, et Gueret, debout d'un bond, le rattrapa au vol, honteux de lui-même.

— Laissez-moi faire, dit-il, je vais vous mettre au lit.

Il hissa Dutilleux dans l'escalier, l'assit sur son lit et commençait à lui enlever ses bottines difficilement, en souriant vaguement aux sornettes du vieux, quand il entendit le déclic du téléphone en bas. Il s'arrêta pile, repoussa le pied du pauvre homme qui repartit en arrière sur le lit, et se précipita dans l'escalier. Penché sur la rampe, il voyait l'ombre agrandie de sa logeuse sur le linoléum. Elle était debout près du téléphone, elle sifflotait un air de jazz insouciant qui semblait déplacé dans cet endroit. Gueret, courbé en deux, descendit l'escalier sans un bruit. Elle lui tournait le dos mais il l'entendit dire : « J'attends... Oui, j'attends, mademoiselle... » d'une voix paisible. « Oui, Biron... 25, route des Plaines... Oui, c'est urgent... » Elle allait faire venir les flics et il serait condamné pour rien, exécuté peut-être... Il fit encore un pas vers elle, l'attrapa par l'épaule, d'un geste suppliant ; elle se retourna et le regarda, debout si près d'elle, avec surprise mais sans la moindre gêne apparente. Elle parlait avec autorité :

— Non... B-I-R-O-N... Ah, bonjour... Vous avez oublié ma commande de graines ou quoi ? Je vais les planter quand, mes capucines, moi ?... Jeudi, c'est sûr ?... Bon, alors je compte sur vous ?... Au revoir.

Elle raccrocha doucement. Elle n'avait pas quitté Gueret des yeux, Gueret qui, appuyé au mur, reprenait son souffle. Elle le regardait avec une sorte de perplexité amusée.

— Je croyais… je croyais…, dit-il.

— C'est le marchand de graines de Béthune, expliqua-t-elle. Il aurait dû me livrer il y a dix jours…

— Je croyais que vous appeliez les… (Il n'arrivait pas à dire « flics » malgré ses efforts.) Vous savez, dit-il soudain très vite, vous savez, ce n'est pas moi… ce n'est pas moi, le type qui… qui…

De la main droite placée à la hauteur du flanc, il mimait des coups de poignard, machinalement, et elle regardait cette main avec attention en baissant les yeux. Et, quand il suivit son regard, il se rendit compte avec horreur qu'il avait gardé entre ses doigts la corne à chaussures du vieux Dutilleux. Il la laissa tomber par terre comme un objet brûlant.

— Ça ne me regarde pas tout ça, dit-elle très vite d'un ton rassurant. Ça ne m'intéresse pas, moi, le cirque des journaux.

Il la regardait, abasourdi, mais de nouveau affreusement flatté du ton déférent et respectueux qu'elle avait pris.

— Mais alors, dit-il, qu'est-ce que vous voulez ?

Elle haussa les épaules.

— Moi ? Je ne « veux » rien, dit-elle. Ce que je ne « veux pas », c'est finir dans ce gourbi. (Et elle montrait le couloir étroit, la cuisine sombre et l'escalier au papier pisseux, mal éclairé.) Moi, je voudrais mourir dans un bel endroit, continua-t-elle, un endroit qui me plaise. Et d'abord y vivre un peu… vous comprenez ?

Ses yeux brillaient comme ceux d'un chat. Elle avait l'air exigeant, dangereux et Gueret recula d'un pas. Il avait peur d'elle… C'était lui qui avait peur d'elle, c'était bien le comble !

— Vous comprenez ça, monsieur Gueret ? reprit-elle. Pour vous, ce n'est pas pareil ?

— Ah si, dit-il, si ! Moi, je voudrais vivre au soleil, sous le grand soleil avec la mer partout autour…

Et, en disant ces mots, il voyait des cocotiers, des plages bordées d'écume, et lui, Gueret marchant sur la plage, seul. Toujours seul…

— Moi, le soleil, je m'en fous, dit la femme entre ses dents. Le soleil, ça ne s'achète pas, c'est aussi bien aux autres, le soleil, non ? Je veux quelque chose qui me plaise et qui soit à moi, rien qu'à moi. À moi seule. Alors, après, qu'il pleuve ou qu'il fasse beau… hein ?…

— Mais, dit Gueret indigné, vous resteriez là à Carvin si votre bel endroit y était ? Vous resteriez avec tout ça autour ?

Et il désigna tout ce décor qu'on ne voyait plus déjà dans la nuit tombée, ce décor sinistre et qu'il haïssait – à présent qu'il pouvait le quitter – comme une insulte personnelle.

— Quand on est riche, on ferme ses fenêtres et ses portes, dit-elle avec sévérité. On ne voit que le bout de ses orteils, si l'on veut. Et même le bout de ses orteils, on peut aussi se le faire masser des heures, pour se distraire, par des ploucs qu'on paie pour ça... (Elle changea de voix et releva vers lui un visage rajeuni.) Et, le reste du temps, on soigne ses fleurs. Venez voir...

Elle entraînait Gueret dans le noir, elle lui faisait pousser la porte et il trébuchait dans les arceaux du petit jardin. La masse sombre du terril veillait là-bas, contre un ciel de nuit clair, trop clair, absurde...

— Regardez, dit la femme en se penchant. Allumez ce briquet. Vous voyez ces pivoines, là... Il y a six ans que je les ai plantées. Elles étaient presque grises en poussant, la première fois. Il a fallu six ans pour qu'elles soient rouges. Elles sont belles, non, à présent ?...

On ne voyait pas la couleur des fleurs, bien sûr, mais elle enchaînait :

— Il leur faudrait une serre, d'abord. Une serre immense avec des jets d'eau et un chauffage régulier. Il n'y a pas que les orchidées qui...

Elle s'arrêta. Elle était immobile près de lui, le profil tourné vers la plaine et le terril, l'air rêveur pour la première fois. Dans le petit vent de la nuit, Gueret en manches de chemise frissonna et, comme réveillée, elle se tourna vers lui et le regarda :

— Allons bon ! dit-elle avec une voix rauque, gaie, furieuse. Tu ne vas pas attraper froid maintenant, non ?

Et avant qu'il ait pu réagir, ni au tutoiement ni au geste, elle avait enlevé son châle et le lui nouait sur les épaules, avec un petit rire condescendant, semblait-il ; et il eut un mouvement de révolte : « Elle le croyait coupable ou pas ? Les criminels s'enrhument vite, comme ça ? » Il jeta le châle par terre.

— Je ne veux pas de votre châle !... Et si je n'en voulais pas, moi, de votre serre, hein ? Ça vaut des fortunes à construire, ces idioties-là ! Pourquoi ne prenez-vous pas tout, tant que vous y êtes ?...

— Pourquoi pas ? dit-elle avec un rire bref.

Elle ramassa le châle par terre avec lenteur et le brossa de la main. Il était noir de boue et Gueret eut envie de s'excuser, de demander pardon comme un enfant coléreux. Trop tard !

— Enfin, si vous voulez la guerre, dit-elle en lui tournant le dos, vous l'aurez...

Et avant de rentrer dans la maison, elle se retourna. Sa voix était dure :

— Ne faites pas le mariolle, hein, Gueret ? S'il m'arrive malheur, j'ai des copains qui sauront pourquoi...

Il mit quelques secondes à se remettre et à éclater d'un rire mâle et dédaigneux. Mais, même s'il se forçait, il ressentait encore ce nouveau plaisir, enfin découvert, celui de la révolte.

Il monta l'escalier à grands pas pesants et claqua la porte. Devant la glace de sa chambre, il se regarda d'un air dur une bonne minute avant d'enfoncer la main dans la poche de sa veste. Il y braquait avec le pouce un pistolet imaginaire, et que, tout en chuchotant avec conviction des injures et des ordres, il leva vers son propre reflet : un reflet qui, lassé, reprit vite son air de défaite et de gêne habituel, mêlé d'incrédulité devant ce gangster si peu inquiétant.

Alors, Gueret se rapprocha de la glace, se regarda avec intérêt, sans plus de grimaces. De la main gauche, il coiffa ses cheveux, les aplatit sur son front, prit l'air grave. Et il faillit se trouver beau soudain, pour la première fois depuis… « depuis toujours », pensa-t-il.

Et c'est le célèbre gangster Gueret qui franchit le lendemain les portes de l'entreprise Samson, sous le même soleil précoce. Comme prévenus mystérieusement, les employés regardaient passer Gueret et se retournaient sur lui. Il avait ouvert le premier bouton de sa chemise, desserré sa cravate, son grand corps bougeait avec décision, sans trace de lourdeur ni de maladresse. Et pour la première fois aussi, Gueret semblait beau aux femmes de l'usine.

Il poussa la porte de son bureau et s'installa derrière sa table sans répondre aux « Bonjours » mornes de ses collègues, se bornant à un geste de la main, « le geste des chanteurs pop à la télévision », remarqua le petit Jonas, l'aide-comptable. Gueret recula d'abord son fauteuil de sa table, le sourcil levé, comme s'il remarquait avec surprise l'exiguïté de sa place, puis repoussa son bureau fermement d'un mètre en avant, empiétant ainsi sur le territoire de Promeur, le deuxième comptable. Plongé dans ses calculs, ce dernier sursauta sous le choc et jeta un regard incrédule, puis indigné, vers Gueret.

— Dites donc, monsieur Gueret, vous savez où vous êtes ?

Les deux sous-fifres relevaient la tête, enchantés de cette diversion, mais, toujours sans répondre, Gueret calait les pieds de son bureau sur le terrain conquis. Il alla à la fenêtre et l'ouvrit à grands battants, faisant s'engouffrer ainsi dans la pièce un jet de soleil, et un coup de vent qui souleva tous les papiers.

— Mais il est fou ! criait Promeur courant après ses feuilles. M. Mauchant sera averti, je peux vous le dire…

Mais même le nom de Mauchant ne semblait plus troubler l'insensé Gueret qui riait à présent de voir ses compagnons à quatre pattes ; et qui, lui, assis sur le coin de sa table, « comme Humphrey Bogart », remarqua encore le jeune sous-fifre, allumait une cigarette, l'œil gauche fermé. L'ordre une fois rétabli, mais la fenêtre toujours ouverte, le silence pendant une heure ne fut coupé que par les soupirs et les grognements indignés du vieux Promeur qui attendait visiblement main-forte.

Mauchant entra à l'heure prévue, son coup de coude ébranlant la porte. Il s'arrêta devant la fenêtre ouverte et devint un peu plus congestionné encore qu'il ne l'était.

— Qu'est-ce que c'est que ça ?... bégaya-t-il.

Il jetait un coup d'œil furieux vers Gueret, impassible, mais s'adressait ostensiblement à Promeur, le chef et responsable, attendant une dénonciation qui ne tarda pas :

— C'est lui ! piailla Promeur.

Il tendait un doigt vengeur vers Gueret qui souriait placidement, au lieu de s'affoler.

— Qu'est-ce que c'est que ça ? hurla Mauchant, fort de son bon droit et de la culpabilité de Gueret. Qu'est-ce que c'est ?

Il se tournait, les dents dehors, vers le coupable. Mais ce dernier se calait dans son fauteuil, allongeait les jambes devant lui, et répondait d'une voix forte, aussi forte que celle de Mauchant :

— Ça, c'est de l'air, monsieur Mauchant ! De l'oxygène ! La loi interdit d'étouffer les employés, la loi interdit la pollution, monsieur Mauchant. La pollution et les engueulades ! Vous ne saviez pas ?

Et comme Mauchant, tourné au violet, faisait un pas vers lui, on vit (oh ! scandale !) le timide Gueret se lever et d'une main sûre conduire jusqu'à la porte, par le bras, le sous-chef Mauchant qu'il dominait d'ailleurs d'une bonne tête.

Et de même à midi, aux Trois Navires, on vit le timide Gueret, sous prétexte d'un tiercé heureux, payer à boire à tout le café. On le vit rire aux éclats, et Nicole le vit même pincer Muriel à la taille avec un air fanfaron qu'elle ne lui connaissait pas. Toute la journée ensuite, on vit le timide Gueret arpenter l'usine à grands pas, sifflotant, dans sa vieille veste de laine beige, la cravate desserrée et l'air « libre ». Et effectivement, Gueret se sentait libre, jeune et triomphant. Il ne s'avouait pas que, plus que l'admiration des sous-fifres et la revanche de ses humiliations, plus que le regard nouveau de quelques femmes, ce qui lui avait fait le plus grand plaisir dans cette journée mémorable, ç'avait été l'expression de terreur, le désir éperdu de fuite qu'il avait surpris dans l'œil de Mauchant dès qu'il s'était levé pour le reconduire vers la porte.

Il retrouva le chien près du terril, qui sortit en aboyant à sa rencontre, remuant la queue, fou de joie, et qui n'eut pas le moindre recul, pour la première fois, quand Gueret l'attrapa par le collier et le caressa. Ce chien semblait sentir, pensa Gueret, que lui-même, Gueret, n'avait plus peur. Peut-être était-ce cette peur reniflée sur lui qui avait fait fuir ce chien, ces jours derniers, devant sa main. Il partagea un sandwich avec lui, assis à l'ombre d'un des arbres rabougris, miraculeusement sortis du sol cendreux. Et plus tard, ce fut cette image bête qui devait revenir à Gueret comme celle de son bonheur le plus profond et le plus réel : le chien, l'ombre noire du terril découpée sur la surface ensoleillée du champ, l'odeur du pain et de la moutarde ; et ce soleil aveuglant et amical qui lui donnait pour la première fois des idées de bronzage, comme dans les magazines de Nicole ou les affiches de l'agence. C'est un homme heureux que le chien quitta à l'endroit prévu, et un homme heureux qui rentra chez sa logeuse.

Mais Mme Biron, elle, était en guerre. Grisé par ses succès et oublieux de cette guerre, Gueret, en vérité, ne s'était attardé si aisément dans le café et dans le champ que parce qu'il savait retrouver, après, dans la minable pension de famille, ce regard où était né justement la veille le nouveau Gueret. Ce regard était la base même, la source de son nouveau personnage, et inconsciemment, il venait y chercher confirmation de cette existence et y reprendre des forces. Mais il n'y avait plus rien dans les yeux de Mme Biron, il n'y avait plus de gangster dangereux, il n'y avait même plus de locataire minable : elle ne le regardait plus, elle le voyait à peine.

Sur sa table attendaient un potage froid, du jambon et des pommes de terre en salade, le tiers d'un gâteau de riz que, de son côté, finissait le vieux Dutilleux, visiblement accablé d'une cruelle gueule de bois. Le silence régnait. Un grognement avait répondu au « Bonsoir » claironnant du retardataire, et Gueret avait plaisanté sur ce retard, commencé un récit de bistros, de tournées, de rigolades avant de s'apercevoir que personne ne l'écoutait. Il en avait été vexé, puis furieux, comme si, rapportant de bonnes notes et un certificat exemplaire, il fût tombé sur des parents indifférents.

— J'ai envoyé paître ce gros porc de Mauchant, avait-il dit quand même avec orgueil.

Mais dans le regard que lui avait jeté la femme, il avait lu un mépris total, ironique, qui l'avait dégrisé d'un coup. La belle gloire, avait-il pensé aussitôt, d'avoir mouché ce gros adjudant d'un mètre soixante... Il aurait dû le faire depuis dix ans, et surtout il n'aurait pas dû s'en féliciter comme d'un exploit. Bel exploit, oui, pour un type qui était censé avoir lardé de dix-sept coups de couteau, la nuit, un courtier belge et l'avoir jeté vivant dans un canal... Et c'est là que Gueret avait senti se refermer le piège sur lui pour la première fois.

Il avait peur tout à coup qu'elle soupçonnât son imposture. Il se rendait compte que, plus que tout – et surtout en ce moment, après cette journée de gloire –, plus peut-être qu'une arrestation éventuelle, il craignait qu'elle ne le crût plus coupable ; il craignait que disparût de ce regard clair et léonin l'image impitoyable de lui-même criminel, l'image qui lui avait permis de vivre comme un homme toute la journée. Et si on découvrait le meurtrier ? Le vrai ?... Si elle se rendait compte que ce n'était pas lui qui avait fait le coup ? Si elle devinait que c'était le hasard – et non pas la colère d'un « homme cruel et costaud », comme elle disait – qui lui avait mis ces bijoux en main ?…

Confusément, il savait que ça changerait tout, que cet argent, dont elle avait envie si évidemment, perdrait les trois quarts de sa valeur pour elle. Que ces billets, s'ils n'étaient pas maculés du sang épais d'un homme assassiné, deviendraient « sales » aux yeux de cette femme. Immobilisé par cette intuition, il resta une seconde, la fourchette levée, la tête baissée, tout à coup privé d'appétit et de pensées. Le vieux Dutilleux n'ouvrait pas la bouche. Elle le servait sans un bruit, sans un de ces commentaires brefs et rares qu'elle leur accordait parfois, dans le temps. Et peu à peu, Gueret se décomposait ; peu à peu, il reboutonnait sa chemise, resserrait sa cravate, laissait échapper sa fourchette, se troublait. Il avait l'impression de mâcher avec bruit, et sa main, son bras, les muscles de son bras lui semblaient comme morts… des trompe-l'œil dérisoires.

Aussi, quand Dutilleux sortit après un lugubre « Bonne nuit », il eut envie de le rappeler, de lui proposer une belote, voire de le brancher sur la guerre de 1940 et sa captivité, son sujet favori et pourtant si ennuyeux. Mais Dutilleux, nauséeux, n'était pas d'humeur à s'attarder, et bientôt Gueret fut seul à table, les mains de chaque côté de son assiette, pesant et tendu, à mi-chemin entre la honte, la détresse, et l'envie de crier à l'aide ; mais vers qui ?... Cette femme impassible lui semblait un mur. À présent, il se rappelait comme un rêve extravagant les quelques moments où elle avait ri, parlé d'orchidées, de soleil, de son gros orteil massé par les ploucs ; ces moments où il avait vu sur elle, toujours vivants, les reflets d'un charme, d'une jeunesse et d'une beauté stupéfiante.

« Elle m'a plu », se disait-il avec stupeur, mais une stupeur inférieure à son regret de n'être plus séduit. Et pourtant cette silhouette sans forme apparente – ces cheveux tirés, ce tablier noir, ce visage fermé et marqué par le temps et par l'amertume – était désormais, semblait-il, l'image même de son destin. Dans un vertige, il songea à des gestes fous : courir là-haut, prendre le sac de cuir et jeter sur la table cirée de la cuisine tous les bijoux emmêlés, les lui donner, la supplier, même, de les reprendre. Follement, bizarrement, il rêva de s'agenouiller aux pieds de cette ménagère triste et féroce, il rêva de lui offrir sa vie, son sang, ses bijoux, n'importe quoi pour qu'elle le regarde à nouveau, une fois encore, avec cet air mystérieux de respect et de désir... Il ne s'agissait pas qu'elle l'aime, bien sûr, pensait-il – essayait-il de penser –, il s'agissait qu'elle le voie à nouveau, qu'elle l'admire et qu'il lui plaise comme mâle et comme héros.

Héros et mâle inconnus, car cette image de lui-même, qu'elle lui refusait aujourd'hui, n'avait rien à voir avec celle que Nicole lui renvoyait : cette dernière était une image trop simple, trop privée de charme et d'ambiguïté.

La femme faisait la vaisselle avec des gestes mesurés, tranquilles ; et soudain il n'y tint plus, tapa du poing sur la table si violemment que son assiette rebondit et se cassa sur le carrelage. Elle était de dos, debout, mais elle ne sursauta pas, se retourna à peine.

— Bon Dieu ! dit Gueret, bon Dieu ! vous ne pouvez pas me dire un mot ? Qu'est-ce que j'ai fait ?... Je m'excuse, pour le châle, je n'ai pas fait exprès, quoi...

Elle ne répondit pas et, se penchant péniblement, ramassa les morceaux avec la pelle et un balai, « en exagérant un peu son effort », pensa-t-il. Délibérément, elle se faisait plus vieille, plus fatiguée qu'elle ne l'était. Elle ne voulait plus lui plaire, elle le rejetait. Mais qu'est-ce que ça pouvait lui faire à lui, bon Dieu ! tenta-t-il de réagir. Qu'est-ce que ça pouvait lui faire que cette bonne femme toquée, brutale et avide lui batte froid ? Il lui donnerait une part du butin, un tiers, la moitié, si elle voulait, et avec le reste il se tirerait au Sénégal, ou ailleurs, et il serait tranquille. Alors ? Que voulait-elle de plus ? se répétait-il avec incohérence – comme si elle eût dû savoir qu'il abandonnait déjà la bataille et la rançon.

— C'est trois francs cinquante l'assiette cassée, monsieur Gueret, dit-elle. Je le mettrai sur votre note.

— Je me fous des trois francs cinquante ! dit-il en redonnant un coup de poing plus violent pour appuyer ses mots, souhaitant que la table s'effondre, que tout gicle par terre et se casse, que l'irréparable entraîne enfin un réflexe d'intérêt dans cet œil morne.

Mais rien ne bougea, et il se fit mal à la paume de la main. Il la porta à ses lèvres, sans se rendre compte de la puérilité de son geste.

— Je me suis fait mal, dit-il avec rancune et faiblesse, comme s'il eût pu attendre quelque pitié de sa part.

Mais elle accrochait le torchon maintenant à sa place, elle dispersait la cendre du poêle, elle enlevait son tablier et le pliait, sans le regarder, comme s'il n'eût pas été là. Elle allait monter se coucher, le laisser là, vainqueur définitivement vaincu d'un champ de bataille carrelé et lamentable. Il n'osa pas néanmoins bouger quand elle sortit de la pièce et il resta cinq bonnes minutes après son départ, immobile à sa table, les mains toujours à plat sur la nappe, à écouter le tic-tac de la pendule, impuissant et désespéré. En rentrant dans sa chambre, il ne la ferma pas à clé, alla vers le poêle, tendit la main vers le sac mais il ne le prit même pas. Il se coucha sur son lit tout habillé, et fuma cigarette sur cigarette jusqu'à l'aube, tandis que dans la lumière électrique que ridiculisait petit à petit et affadissait la première lueur du jour, les photos en couleurs des plages méditerranéennes et de leurs pin up alléchantes, sur le mur, devenaient grotesques et terrifiantes.

Le lendemain, il pleuvait, et il plut aussi le surlendemain. L'entreprise Samson retrouva un aide-comptable discret et silencieux, et le chien recommença de fuir : le troisième jour, comme Gueret ramassait un caillou pour chasser un merle trop gai, en haut de l'arbre, le chien prit ça pour une menace et s'enfuit vers son logis, la queue entre les jambes et hurlant à la mort. Alors Gueret, redevenu seul, se mit à courir vers la maison, prêt à tout et à rien. Il entra comme un fou, cria : « Madame Biron ! Madame Biron ! », d'une voix de détresse et de panique, parcourut au pas de charge la cuisine et le petit bureau également déserts, entra sans frapper chez Dutilleux, dont la chambre vide annonçait le départ hebdomadaire, rentra dans sa propre chambre, sans même jeter un coup d'œil au poêle et à ses trésors, et, du même mouvement, il franchit le seuil de sa chambre, à elle.

Elle était en peignoir, dans le réduit qui lui servait de salle de bains. Elle avait l'épaule nue, les cheveux épars, l'air vaguement désarmé d'une femme à sa toilette, et il ne vit pas le regard de triomphe et le sourire amusé qu'elle eut vers elle-même dans son miroir, tandis qu'il se précipitait sur elle et la prenait dans ses bras d'un geste de soudard et d'adolescent, enfouissant son visage contre sa nuque et contre l'épaule toujours ronde – et pour lui incroyablement charnelle et désirable – qu'elle lui offrait de dos, comme sa seule, sa dernière chance.

À l'aube, il était assis sur son lit à elle, le torse nu, regardant par les volets ouverts le jour gris, hagard, la terre blême, là-bas, où la pluie résonnait déjà et encore, avec un bruit pacifié, presque doux.

Dans son dos, elle était allongée, le drap jusqu'au menton, à demi cachée par l'oreiller et, d'une main possessive et belle surgie mystérieusement dans la nuit, elle lui caressait le dos rêveusement, comme on caresse le flanc d'un cheval, avec la même expression paisible. Comme il ne bronchait pas, elle lui pinça la peau du dos cruellement, mais il ne se retourna pas, inclina simplement la tête un peu de son côté avec un petit sourire confus et satisfait. Il ne la voyait pas dans l'ombre du lit mais il entendait sa voix – familière et chaude –, une voix de femme contente de son mâle. « Un beau type », disait cette voix, « tu es un beau type, oui… ». Elle lui tapotait les côtes de la même main de maquignon, et il souriait, l'air content et flatté. Il alluma une cigarette avec des gestes tout à coup simples et, comme elle lui frappait impérieusement le dos, il la lui tendit avant de s'en allumer une autre.

— C'est gentil d'allumer les cigarettes de ta vieille maman, dit la voix railleuse derrière lui. Tu sais que je pourrais être ta vieille maman ?… Hein, mon petit salopard ?…

Il broncha un peu, son visage se contracta, mais la voix reprenait, apaisante et féroce :

— Un bon jeune homme qui allume les cigarettes de sa vieille maman, sa vieille peau de maîtresse… Un bon jeune homme qui est poli avec M. Mauchant, le chef comptable… Un bon jeune homme qui file dix-sept coups de couteau à un pauvre type dans le noir… Tu es un drôle de coco, tu sais…

Et elle se mit à rire. Il avait juste battu des paupières, et il regardait toujours par la fenêtre en tirant sur sa cigarette. Il se sentait parfaitement insouciant. Il était arrivé quelque part, à un endroit précis et sûr, à un abri que lui délimitait la voix ironique, un peu canaille, de cette femme derrière lui, et cela sans qu'elle le sût. Il sourit même, furtivement, comme à une cachotterie, à une farce qu'il lui faisait, mais il s'immobilisa quand la voix, devenue basse, pressante, se mit à chuchoter :

— Comment as-tu fait, hein ?… Les trois premiers coups, je comprends, mais après ? Comment as-tu pu ? Raconte.

— Non, dit-il. Pas ça.

Et il lança sa cigarette par la fenêtre et se retourna vers la femme invisible, dans le haut du lit. Il se jeta sur elle avec une fureur angoissée qui ressemblait beaucoup à celle du désir amoureux.

— Quelle brute… Quelle sale brute… dit la voix de la femme encore, et elle se tut.

Le dimanche d'après, la cloche sonnait à l'église de Carvin. Il faisait beau, et la logeuse Biron arrosait ses fleurs dans son habituelle tenue noire, tandis que son locataire, Gueret, en maillot de corps et pantalon, les pieds nus, assis sur le pas de la porte, la regardait faire, un bol de café près de lui et le chien volage d'un voisin allongé à ses pieds.

« C'est l'image du bonheur conjugal », pensaient les voisines médisantes, vêtues en dimanche, et qui accéléraient le pas en passant devant ce numéro de la route des Plaines, soit pour répondre à l'appel de la cloche, soit pour fuir ce paisible et indécent spectacle.

— Tu ne crois pas que tes fleurs ont eu assez de flotte ? demanda le garçon. Ça fait dix jours qu'il pleut… Depuis qu'on a vu l'aube se lever, ajouta-t-il d'un air équivoque.

Mais la femme, occupée par ses fleurs, haussa les épaules.

— C'est vrai, quoi, reprit Gueret. Il n'a pas arrêté de pleuvoir ce soir-là. Toute la nuit, il a plu. Toute la nuit, on a entendu la pluie, tu te rappelles ?

La femme lui jeta un coup d'œil un peu dégoûté, mais sourit.

— Tu ne penses qu'à ça, hein, toi ? dit-elle avec une sorte de curiosité. C'est marrant les hommes : ou ils ne pensent à rien, ou ils ne pensent qu'à ça.

— Toi, tu n'y penses pas assez, dit-il d'un air de reproche affectueux.

— Moi, mon petit ami, j'ai trop fait ça avec trop de types, et trop souvent. Je n'ai pas ton âge, comme tu sais.

Il bredouilla quelque chose, prit l'air résigné :

— Tu crois qu'on aura la lettre demain ?

Elle avait fait le tour du jardin minuscule, et vint poser son arrosoir devant lui. Elle était debout, elle le dominait, elle le regardait avec une satisfaction possessive et détachée. Il lui souriait d'en bas, avec malice.

— Peut-être pas demain, dit-elle en s'essuyant les mains à son tablier.

Et il lui prit la main machinalement, qu'elle lui laissa un instant, comme un objet, tout en tournant la tête vers la plaine, le terril et l'arrivée d'un éventuel facteur, avant de reprendre :

— Mais après-demain, sûrement. Gilbert va vite dans ces cas-là. Il faut qu'il contacte les gens de Marseille, c'est tout. Ils vont vite, là-bas.

— Ça te manque, Marseille, hein ? dit Gueret.

— Ouais (son visage s'était fermé). Sans cette lopette, je n'aurais jamais quitté Marseille. Il faisait beau, là-bas, tu sais. Il y a des couleurs à Marseille, et puis les gens ont quelque chose dans le sang. C'est une ville, Marseille.

— Pourquoi tu n'y es pas retournée ?

Gueret considérait avec attention la main inerte qu'il tenait entre les siennes. Leurs mains avaient à peu près le même âge, pensa-t-il, et il appuya son front contre les jambes fermes de sa maîtresse.

— Parce que je suis brûlée, là-bas, dit-elle brièvement. Qu'est-ce que tu as à t'appuyer sur moi comme un môme ? Tu te crois en nourrice, Al Capone ?

Il haussa les épaules sans bouger.

— Je suis au chaud, dit-il d'une voix étouffée par le tablier noir. Je suis bien…

— Tu ne vas pas me raconter que ta maman t'a abandonné au berceau, toi ! dit-elle sans rire. Moi, les enfances malheureuses des macs ou des tueurs, ça me tue…

Elle fit un geste éloquent de la main.

— Ma mère était une brave femme, dit-il avec paresse. Sur le tard, elle est devenue radin et méchante comme une vieille pie, mais je n'étais pas malheureux.

— Eh bien, tant mieux, dit-elle.

Elle secoua les hanches comme pour faire tomber quelque chose, et la tête de Gueret ballotta en arrière.

— Tu as trouvé ton île ? dit-elle en se dirigeant vers la porte. Ou, finalement, tu aimes mieux Dakar ?

— Non, dit-il, non, finalement on ira au Congo. Il y a de l'or, là-bas, à ramasser, des trucs à faire... Il n'y a pas que des types faciles, mais je me débrouillerai.

Et il sourit d'un air assuré qui s'effaça dès qu'elle fut entrée dans la maison. Il jeta un coup d'œil furtif derrière lui et, comme la radio déclenchée indiquait qu'elle était dans la cuisine, il se pencha, prit la tête du chien contre lui, entoura le cou de la bête de ses deux bras et embrassa longuement, doucement, avec une tendresse éperdue, les poils noirs et crasseux, la truffe brillante du bâtard qui, béat, se laissait faire.

— Tu veux des tomates ou des concombres ? cria la voix dans la maison.

Gueret repoussa fermement mais sans brutalité la tête du chien avant de répondre : « Je m'en fous », et d'allumer une cigarette, avec l'œil plissé d'Humphrey Bogart.

Une semaine plus tard, Gueret déambulait chez « Aronda », le grand magasin de sport de la ville où les vendeurs le bousculaient au passage, comme un client sans intérêt, sans qu'il s'en aperçoive. Mme Biron, Maria à présent pour lui, apparut dans la glace à ses côtés, avec son manteau noir au col de loutre qui avait dû avoir de beaux jours. L'air excité de Gueret la faisait sourire, et elle non plus ne remarqua pas d'abord les airs dégoûtés du petit vendeur aux cheveux luisant de brillantine.

— Alors, dit-elle, tu as trouvé ton bonheur ? Il faut une occasion, hein ?

— Oui, oui, oui, dit vaguement Gueret, mais avant, regarde-moi ce monstre…

Il désignait une Yamaha énorme, étincelante, d'un geste qui déclencha l'ironie du jeune vendeur, pressé peut-être de partir, car il était presque midi.

— Ah non, dit-il d'une voix de stentor, ça n'est pas le rayon de monsieur. Si j'ai bien compris… le rayon de monsieur, insista-t-il avec une malveillante allégresse, ce serait plutôt la motobécane…

Il souriait de sa finesse, et déjà les autres clients commençaient à sourire devant ce couple bizarre, empesé dans ses vêtements du dimanche. La femme le sentit une minute avant Gueret et, lâchant celui-ci, se retourna d'un coup, le visage blanc de colère : le vendeur recula instinctivement devant ses yeux, mais il était trop tard.

— Le rayon de monsieur est peut-être la motobécane, dit-elle en articulant d'une voix haute et claire, mais mon rayon à moi, c'est les vendeurs polis. Je dirais même, les vendeurs aimables. Cela doit bien exister ailleurs.

Elle tirait Gueret, déconcerté, par le bras, et le vendeur bafouillait car les clients, influençables, le toisaient à leur tour. Gueret suivit Maria sur le trottoir où elle s'arrêta tout à coup. Elle était pâle et parlait sans le regarder, entre ses dents :

— Ce jean-foutre, sifflait-elle, ce petit minable… Tu vas rentrer et acheter cette moto-là tout de suite. La grosse, la japonaise.

— Mais avec quoi ?…

Gueret était stupéfait de cette colère qu'il ne comprenait pas. Il était tellement habitué, lui, à ces bousculades et ces sempiternelles vexations… Et soudain il s'en voulut de l'être, redressa le menton, murmura : « Je lui ferai son compte, va », tout en résistant à la poussée qu'elle exerçait sur lui.

— Avec quel argent, d'abord ? dit-il. Et puis tu me vois là-dessus, arrivant à l'usine ? Non, mais tu rêves… Et d'abord, trois briques, tu les as, toi, trois briques ?

Elle sembla se réveiller d'un coup, le regarda, tenta de sourire :

— Oh, dit-elle, pas tout à fait. Mais j'ai un peu d'argent à la banque quand même… Excuse-moi, enchaîna-t-elle, je ne sais pas ce qui m'a pris. Tu peux supporter ça, toi, le ton de ce type ? Tu l'as entendu ?

Gueret, là, eut du sang-froid. Il prit un visage de pierre et secoua la tête négativement, avec lenteur, attitude qu'il se rappelait vaguement avoir vue chez Edward G. Robinson, dans un vieux film.

— Non, dit-il sobrement, je ne l'ai pas vu. Je ne vois pas ce genre de types.

Mais déjà, elle repartait à grands pas. Elle marchait vite, et malgré sa taille, il avait du mal à la suivre ; et c'est haletant qu'il s'assit à côté d'elle, dans un café voisin.

— Un cognac, dit Maria d'une voix péremptoire.

Et comme dans le magasin, son autorité fit miracle ; le garçon reparut aussitôt, le verre à la main, et elle l'avala d'un trait sans le regarder, pendant que Gueret en commandait un deuxième pour lui-même, à contrecœur – car il ne buvait pas le matin. La respiration de Maria s'était apaisée, elle reprenait des couleurs, et elle vida le fond de son verre, le reposa et dit : « Ça fait du bien » avant de lui jeter un regard qu'il ne lui connaissait pas, un regard hésitant, voire penaud.

— Je ne sais pas ce qui m'a pris, répéta-t-elle. Il ne faut pas m'en vouloir, c'est le… (elle fit un geste vague de la main) c'est le « fond » qui remonte comme ça… le fond du caractère. Tu comprends ? Ce n'est pas de veine, reprit-elle d'une voix plus assurée ; toute ma vie il a fallu que j'aie de l'orgueil… (Et sa voix, en prononçant le mot, en résonnait encore.) Je suis orgueilleuse et coléreuse, ajouta-t-elle en lui jetant un regard de défi.

Mais Gueret souriait, béat, à ses côtés. Il était enchanté de l'incident, après coup ; enchanté aussi de la facilité de la victoire, de la vigueur de sa maîtresse. Il ne voyait pas le regard curieux, incertain et équivoque des gens autour, posé sur leur couple hétéroclite. Il regardait Maria avec admiration et elle surprit ce regard, fut flattée, se rengorgea et redressa le cou aussitôt après.

— Il faut dire… regarde-nous, dit-elle avec bonne humeur : nippés comme on est, faut pas s'étonner qu'ils nous croient mythomanes, ces sbires, dans leurs échoppes… On a l'air de ploucs, toi et moi. On sent l'odeur de la campagne, enfin, du charbon, de la fauche, de la merde quoi…

Elle s'arrêta un instant et commanda un cognac d'un seul regard vers le garçon.

— Je voulais qu'on déjeune aux Trois Épis, dit-elle en retrouvant sa fureur. C'est le meilleur bistro de la ville, paraît-il ; à cause des quenelles, surtout… Mais tu nous vois manger leurs quenelles avec nos beaux habits ? Tu nous vois toisés par les maîtres d'hôtel ? Moi, Maria de Marseille, et toi, l'inconnu de Carvin…

Elle avait baissé la voix mais Gueret jeta un œil soucieux aux alentours.

— Allons, dit-elle en posant un billet de dix francs sur la table, viens, mon vieux, je vais t'habiller.

Ils allèrent chez Esder, aux Galeries, au Printemps, et Maria décidait, tranchait, semblait savoir exactement ce qu'elle voulait. Gueret se renfrognait. Bien sûr, il lui rembourserait ce fric. Il n'avait pas à s'énerver puisque le moindre de ses bijoux achèterait le magasin entier. Mais ça le gênait d'être si ouvertement dirigé par une femme.

Dans le dernier magasin, néanmoins, il toucha à l'exaspération quand une jeune vendeuse dit à Maria, d'un air admiratif, comme il passait un costume bleu : « Le bleu lui va drôlement bien à votre fils » ; d'autant que Maria, les yeux brillants de malice, entra aussitôt dans le jeu :

— Oh mais, c'est qu'il est costaud, mon petit garçon, dit-elle à la vendeuse. Et il me fait des tours… Figurez-vous qu'à près de trente ans il grandit encore. Depuis qu'il a sept ans, je n'arrête pas de défaire ses ourlets…

Et, comme la jeune fille s'extasiait poliment, elle ajouta :

— Et encore, ce n'est rien ; si vous aviez connu son père, mademoiselle... Ça, c'était un bel homme !

Et elle pouffait tandis que Gueret regardait la glace au néon qui lui renvoyait l'image ridicule d'un vieux premier communiant. Ridicule, oui. Mais le rire le gagna : et il y avait longtemps que Gueret n'avait pas ri de la sorte ! En fait, il ne se rappelait pas dans toute sa vie, même au régiment, avoir jamais ri autant avec qui que ce soit.

Ils se retrouvèrent aux Trois Épis vers une heure pour déjeuner vêtus de neuf, et effectivement les maîtres d'hôtel furent déférents, attentionnés, plus impressionnés sans doute par leur gaieté que par leur élégance. Ils avaient un air de triomphe sur le visage, et cet air de triomphe, à tous les niveaux, fait plier les échines. Maria commanda des côtes d'agneau bien grillées, pour son fils, demanda un doigt de vin, pour son fils, et devant le maître d'hôtel indifférent lui rappela des souvenirs d'enfance tout à fait grotesques, presque cruels à force d'inintérêt, mais qui amenaient sur le visage habituellement méfiant de Gueret les grimaces d'une joie irrépressible. Ils mangèrent voracement et au café seulement, repue, les joues roses, l'œil vif, elle lui jeta un regard un peu plus possessif et un peu moins maternel.

— Pourquoi est-ce que ça te fait rire comme ça, demanda-t-elle, l'idée que je sois ta mère ?

— Tu l'aurais connue, ma mère ! dit-il en pouffant à nouveau, elle était toute petite, toute maigre, une vieille souris…

Et il rit à nouveau tout en attrapant et en avalant machinalement, bien qu'il n'ait plus faim, le petit pain doré au coin de son assiette.

— Laisse ça, dit-elle en lui tapant sur les doigts, tu vas grossir.

Elle reprit du même ton :

— Si tu y penses, tu aurais aimé m'avoir pour mère ?

— Tu parles ! dit Gueret, l'air salace. Je ne t'aurais pas quittée d'un millimètre.

Et il rit encore, d'un rire un peu ivre de fin de repas qui énerva Maria.

— Je te parle sérieusement, dit-elle. Oh, et puis… En tout cas, qu'est-ce que je t'aurais filé comme fessées…

— Pourquoi ? dit Gueret subitement intéressé. Pour quoi faire, des fessées ? Pour me punir de quoi ? De vouloir être un gangster, ou un type à études, un crack ? Je ne sais pas, un polytechnicien, par exemple ? Qu'est-ce que tu aurais voulu que je sois ?

Elle réfléchit un instant. Le restaurant était désert à présent. Ils étaient seuls, et de loin, leurs vêtements neufs et foncés luisaient de tout leur éclat devant le blanc ouaté des nappes vides. Elle était plus rouge que lui. Ses cheveux gris ressortaient sur ce rouge, et ils se regardaient, penchés l'un vers l'autre, chuchoteurs et complices, mi-hostiles, mi-séduits tour à tour. Ce qui dérangeait chez eux, ce n'était pas leur différence d'âge, mais plutôt leur similitude d'espèce. Et dans ce restaurant gastronomique de province, s'ils n'avaient pas l'air de la mère et du fils, ils avaient quand même l'air étrangers aux autres et parents entre eux.

— Bah... dit-elle en s'étirant sans grâce (et elle jura sourdement car la manche de son chemisier neuf craqua au passage). Bah, les putains deviennent toujours morales quand elles ont des gosses, tu n'as pas remarqué ? Et plus elles sont putes, plus elles veulent en faire des curés. C'est immanquable, ça... Non, moi, je t'aurais fait riche, tu vois.

— Riche comment ? dit-il. Riche avec des études, ou pas ?

Elle éclata de rire.

— Tu as déjà vu des nababs, quand ils ressortent leur enfance misérable, t'expliquer que c'est grâce à leurs études qu'ils ont fait leur fric ? Tu rêves... Les gosses pauvres, on ne leur donne pas de leçons pour devenir riches ; il n'y en a pas. On leur montre juste qu'il faut le devenir pour échapper à cette gadoue. Mais il n'y a pas de recette ; il faut qu'ils improvisent.

Il la regardait avec attention. Il se disait que cette femme était intelligente, peut-être plus que lui, et il s'étonnait de l'admettre aussi facilement.

Il se sentait bien, à l'aise dans ce restaurant pourtant trop vernissé et trop chaud où, en temps ordinaire, il eût été uniquement pressé de partir. De temps en temps, l'idée qu'on l'ait prise pour sa mère lui redonnait envie de rire.

— Alors moi, qu'est-ce que j'aurais fait ? dit-il vaguement pour prolonger cet instant de paix profonde.

Mais il dut se composer un air dur quand elle déclara à voix basse en le regardant dans les yeux, toute gaieté disparue :

— Toi, tu as trouvé tout seul, hein... ? Comment improviser...

Et elle retournait le couteau sur la nappe, d'un geste lent qui horrifia Gueret.

Tous les soirs, le vieux Dutilleux enfin couché – départ qu'ils accéléraient tous les deux à force de bâillements et de fausses sorties –, ils se retrouvaient au coin du feu avec le café, le marc, et c'était lui qui montait dans sa chambre et redescendait le trésor. Ils ouvraient ensemble la bourse sale, ils étalaient les brillants et leurs montures raffinées sur la toile cirée. De temps en temps, distraitement, Maria s'accrochait une boucle d'oreille, l'oubliait, et c'était lui qui la lui enlevait en souriant. La lumière du poêle éclairait leurs deux visages, également pieux devant ces bijoux volés, et elle se laissait aller comme lui à une contemplation un peu maladive.

À la fin de la semaine, elle déclara avec humeur qu'il n'était pas possible de loger leurs vêtements neufs dans ses placards, qu'ils allaient prendre les mites et que ça lui bloquait une chambre.

— Qu'est-ce que ça peut faire ? dit-il avec insouciance.

Mais elle le rabroua. Gilbert n'avait pas encore trouvé de receleur à la hauteur. Cela pouvait prendre du temps, et il serait peut-être content, lui comme elle, de trouver un troisième pensionnaire. À moins que Gilbert n'arrive à vendre le petit solitaire qu'elle lui avait fait porter à titre d'essai, et alors là...

— Alors là, j'ai une idée, dit-elle. Là, mon vieux, si on touche ce fric avant la fin de l'hiver, je te garantis qu'on va s'amuser un peu...

Mais elle refusa de répondre à ses questions.

Et désormais juché sur une motobécane tressautante, Gueret, tous les matins, reprenait le chemin de l'usine. Mais ce n'était plus le manant fatigué et vaincu qui allait plier les genoux devant l'infâme Mauchant, c'était un chevalier caracolant sur son destrier mécanique et dont il valait mieux ne pas relever le gant. Ce fut pourtant la timide Nicole qui s'y risqua la première.

Ce soir-là, il faisait fort beau et, rentrant sifflotant sur son engin, Gueret s'était amusé à faire du moto-cross sur ce terrain vague autrefois si triste, mais où le chien à présent suivait en aboyant de plaisir ses évolutions. Gueret respirait à fond cet air dit pollué et regardant la plaine étendue devant lui, cette plaine qui l'avait tant déprimé, il lui trouvait, maintenant qu'il allait la quitter, un certain charme. Ce n'était pas les bijoux, ni sa fortune à venir, ce n'était pas la nouvelle attitude des femmes envers lui, ni la subite considération des hommes qui le rendaient heureux, non, mais il l'était. Il embellissait d'ailleurs, et de temps en temps, croisant son reflet dans la glace, il s'étonnait de se voir hâlé, le visage ouvert, les épaules droites, et il se disait qu'après tout Maria avait plutôt de la chance.

Ce soir-là, donc, il était content de lui ; ce soir-là, il se sentait un peu comme un cadeau vis-à-vis de quelqu'un. Il rentra à la pension des Glycines avec des idées amoureuses bien précises, d'autant plus que l'on était vendredi soir et que le grand-père gâteux était reparti voir son nourrisson.

Maria n'était pas dans la cuisine, et il mit trois minutes avant de la trouver dans le jardin, vêtue de son tablier noir, et coiffée de son turban, qui regardait d'un œil dur ses minables platesbandes. Gueret la contempla un instant avant de l'appeler, étonné et un peu soucieux d'avoir envie de cette femme si visiblement éloignée des choses de l'amour. Il vint vers elle à pas de loup et lui mit brusquement le bras autour des épaules. Elle sursauta, se tourna vers lui à une vitesse incroyable, sa main droite crispée sur la serpette. Elle la laissa brandie un instant avant de le reconnaître, et Gueret recula, effrayé et confus.

— Ne fais pas ça, dit-elle, ne fais plus jamais ça. Je déteste qu'on me fasse peur.

— Mais c'est moi... dit-il, piteux, tu n'as pas peur de moi, quand même ?

Elle se mit à rire :

— Comment pourrais-je avoir peur de toi ? Un bon jeune homme qui ne s'attaque qu'aux vieux bijoutiers...

Gueret se renfrogna. Par moments, il avait envie de lui dire, de lui avouer que ce n'était pas lui. À présent qu'ils avaient partagé un lit, des projets, à présent qu'ils avaient ri ensemble et affronté ensemble les vendeurs insolents et les maîtres d'hôtel gourmés, il avait l'impression – non, il n'avait pas l'impression, il jugeait – qu'ils étaient liés par des liens plus intéressants et plus chauds qu'une complicité criminelle. Et puis, logiquement enfin, elle devrait être rassurée par l'aveu de Gueret : une fois les bijoux écoulés, ils seraient riches, séparément ou ensemble ; elle ne risquerait plus de le voir arrêté à l'aube par des flics ; et même si elle ne l'aimait pas pour de bon, et elle le lui disait volontiers, elle devait quand même avoir pour lui une vague affection.

Gueret avait été élevé moralement et quelque chose en lui trouvait absurde, faux, qu'on l'aimât pour une mauvaise action. Néanmoins, chaque fois qu'il se décidait à tout lui avouer, il reculait, retenu par un pressentiment. Il valait mieux lui parler plus tard, quand ils seraient au Sénégal ou ailleurs, et qu'isolés dans un pays nouveau, la solitude les obligerait à être solidaires. De toute manière, son destin à lui, à présent, il ne l'imaginait plus que lié à son destin à elle. C'était une des raisons de son désir pour elle : il voulait physiquement aussi l'apprivoiser. L'autre raison était plus élémentaire : habitué aux employées de Samson, ou aux prostituées, pendant son service militaire, Gueret n'avait jamais connu l'amour – l'amour physique – ni découvert sa propre sensualité avant de coucher avec cette femme plus âgée, fatiguée du plaisir, mais qui avait dans les gestes une expérience et une licence qui donnaient vraiment à Gueret l'impression d'avoir été puceau avant elle. Il la prit dans ses bras mais elle le repoussa de ses deux mains maculées de terre.

— Qu'est-ce qui te prend ? dit-elle, tu es bien excité… On lit des journaux pornos, à la comptabilité ?

Il se rebiffa. Il se répétait qu'il était plutôt bel homme, qu'elle n'était plus ce qu'on appelle « une jolie femme », et que les exigences amoureuses devaient être plus frustrées chez elle que chez lui. Après tout, son désir à lui était plutôt flatteur, pensait-il bêtement, se refusant à croire ce qu'elle lui disait obstinément depuis le début, c'est-à-dire que l'amour ne l'intéressait plus. Cette indifférence ne cadrait pas avec ses initiatives nocturnes, et Gueret était trop novice en amour pour penser que l'expérience toute seule pouvait lui donner cette habileté et ces soupirs de femme comblée.

— Alors... dit-il. Tu viens ? Tu ne veux pas ?

Elle le regardait attentivement, avec une expression d'exaspération, mêlée de vanité satisfaite malgré tout.

— Dites-moi, Gueret, dit-elle d'une voix gouailleuse, vous ne seriez pas un peu vicieux sur les bords ? Vous me trouvez sexy, comme ça ?... (Et elle désignait ses mains, son visage plissé, sa silhouette informe, ses cheveux gris.) Vous ne pensez pas que vous devriez chercher des jeunes femmes de votre âge, un peu plus fraîches ?... Tu es myope, ou quoi ?

— Tu me plais comme tu es, dit-il, appuyant sur le tutoiement, et l'attrapant d'une main décidée, virile, comme il savait que ça marchait avec les femmes, en tout cas dans les films.

Mais elle ne plaisantait pas et elle l'écarta d'un geste avant de rentrer dans la maison.

— Enfin quoi... dit-il en la suivant. Enfin quoi, je suis ton amant, non ? J'ai bien le droit de...

— Tu n'as le droit de rien, dit-elle. Et moi, je t'ai déjà dit que tout ça ne m'intéressait plus. J'aime bien dormir seule dans mon lit, allongée en travers, avec toute la place. Les types qui ronflent à côté, ou les types qui s'évertuent à vous montrer qu'ils sont des types, c'est fini pour moi. D'ailleurs, dit-elle, tu te forces à ça.

— Moi ?... dit Gueret ébahi. Pas du tout. Pourquoi dis-tu ça ?

— Les hommes ont la manie de mettre leur virilité quelque part, dit-elle, soit dans leurs bureaux, soit avec les femmes, soit avec des canassons ou au football. Il faut toujours qu'ils la prouvent quelque part. Mais toi, ce n'est pas avec les femmes que tu le feras...

— Et avec quoi, alors ? demanda-t-il, mécontent mais intéressé malgré lui car c'était de lui qu'elle parlait, de son caractère, et c'était bien la première fois que quelqu'un s'intéressait à lui, en tant que lui, Gueret, et non pas en tant que lui, comptable, ni en tant que lui, mari éventuel. Elle s'intéressait à ce qu'il était plus qu'à ce qu'il faisait, et, pour Gueret, c'était fascinant.

— Ta virilité, tu l'as prouvée autrement, par la force et par le crime. Le reste sera toujours secondaire pour toi. Les vrais caïds – et j'en ai connu quelques-uns à Marseille – s'occupaient peu des femmes, et de toute manière après, après le reste.

— Mais je ne suis pas un caïd, dit-il agacé, je suis un type de vingt-sept ans qui a envie de coucher avec une femme : toi.

— Eh bien, moi, je ne veux pas.

Elle lui tournait le dos, elle allumait la cuisinière et il n'y avait dans sa voix aucune note de provocation. Elle n'avait réellement pas envie de lui, et son reflet de joli garçon, aperçu dans la glace le matin même, lui apparut soudain ridicule et faux.

— Alors, dit-il, c'est fini, toi et moi ?

Et, à son étonnement, il sentit sa voix trembler comme les jeunes premiers gâteux de la télévision.

— C'est pas fini, dit-elle du même ton lassé, ça n'a pas commencé, c'est tout. De temps en temps, oui, si tu veux vraiment, mais pas ce soir, en tout cas. Peut-être que c'est moi qui te supplierai l'année prochaine, ajouta-t-elle devant son air déconfit.

Et, comme il ne souriait pas, elle se mit tout à coup en colère.

— Va voir ton amie Nicole et fiche-moi la paix ce soir ! Je n'ai pas seulement envie de dormir seule, j'ai envie de dîner seule, d'être seule dans cette baraque, pour une fois, tu comprends ?

Oui, il avait compris. Il avait compris qu'il ne fallait jamais rien demander, il fallait tout prendre ou se tirer. Eh bien, il allait se tirer, elle allait voir…

— D'accord, je vais retrouver Nicole, dit-il avec un entrain simulé. Le soir, elle ne fait pas de jardinage, elle au moins, elle me trouve pas mal, Nicole, figure-toi. Et la secrétaire du patron aussi me trouve pas mal. Alors, si tu ne veux pas, hein, tant pis, ou tant mieux.

Et, relevant le col de sa veste, il repartit sur sa moto, poursuivi par le rire moqueur que sa dernière phrase avait déclenché chez elle.

Un peu plus tard, dans la nuit, il était dans la chambre de Nicole, dans le lit en désordre de Nicole ; et elle, dans le cabinet de toilette à côté, chantonnait un air à la mode, aux paroles niaises, qui achevait de déprimer Gueret. Elle revint dans la chambre, s'allongea sur le lit, « dans un peignoir d'un rose bonbon fatigant », pensa-t-il, et le regarda en souriant.

— Il y a longtemps, tu sais, dit-elle. Je croyais que tu m'avais oubliée. Quinze jours, tu te rends compte ?

Il hocha la tête gravement tout en la contemplant. Elle était rose et fraîche, elle avait un joli corps souple et doux, le corps d'une jeune femme moderne, elle aimait bien faire ça, elle avait poussé des cris d'égorgée tout à l'heure, et il se demandait pourquoi cette heure passée lui avait paru si fade. Elle prit un miroir sur la table de chevet, le mit devant leurs deux visages, et se regarda à côté de lui. Rêveuse, elle appuyait sa tête contre la sienne.

— Hein, on est rudement mignons ? dit-elle. Tu ne trouves pas ?…

— Si, approuva-t-il, si, si, on est très, très mignons. On fait un joli couple, même, dit-il avec dérision tout en découvrant, lui semblait-il, la cretonne fleurie des rideaux, la grande photo de Robert Redford sur la fausse cheminée, la petite coiffeuse en vrai ou en faux acajou et le fauteuil pouf en tissu éponge devant la coiffeuse. C'était une chambre recherchée, songeait Gueret, et même drôlement raffinée pour une employée aussi mal payée qu'elle. Une chambre étincelante de propreté en plus. Bref, un joli cadre pour Nicole, à part la poupée en robe longue qui avait l'air si bête, assise de travers sur le fauteuil. Et tout à coup il revit la chambre froide et sombre de Maria, les murs gris, un peu sales, la table de guingois où il jetait ses vêtements en vrac, là ou sur le fauteuil de jardin d'osier effrangé qui – déjà vétuste à voir dehors, l'été – détonnait complètement dans cette pièce soumise à un éternel hiver. Cette chambre… cette remise à outils plutôt, avec les râteaux en pagaille, les sécateurs, les paquets de graines abandonnés dans un coin… Cette chambre laide et désolée, à l'air si peu habité, cette chambre, Gueret l'avait vue s'ouvrir, tourner, devenir minuscule ou énorme pendant des nuits. Il l'avait vue devenir son seul refuge et aussi son seul lieu de perdition lorsque les silences mortels de Maria ou les calmes chuchotements de sa voix rauque y introduisaient la luxure et l'érotisme à leur comble. Son visage dut refléter sa nostalgie car Nicole se tourna vers lui, les sourcils froncés.

— Qu'est-ce qu'il y a ? Ça ne te plaît pas ici, ou alors ça ne te plaît plus ?

— Mais si, dit-il mollement, mais si, bien sûr, ça me plaît... puisque j'y suis... Il va falloir que je m'en aille, ajouta-t-il sans se rendre compte du côté malencontreux de son enchaînement, et il posa les pieds par terre avec énergie.

Il avait envie de partir très vite tout à coup. Il n'en pouvait plus de cette jeune femme et de sa chambre gaie, de sa poupée grotesque, de ses mots d'amour ridicules. Depuis deux heures, il n'en pouvait plus de ses agaceries de petite fille. Elle avait vingt-deux ans après tout, pas douze ; d'un coup, d'ailleurs, elle faisait plus. Elle se redressa sur le lit, les traits tendus, durcis par la colère pour une fois, remarqua-t-il avec une curiosité si distraite, si ténue qu'elle le gêna vis-à-vis d'elle.

— Où vas-tu ? dit-elle. Tu t'embêtes, hein ? Ou tu as quelqu'un d'autre à voir ?

— Moi ?... dit Gueret, faisant un essai de rire méprisant. Moi ? Tu crois que j'ai le temps de courir les filles ?

— Non, dit Nicole, tout à coup écarlate. Non, je ne crois pas ça : tu n'as pas le temps de courir les filles.

Étonné, il la regarda : finalement, cela lui allait bien, la colère... Son peignoir ouvert montrait un sein petit, une peau claire, rose... Comment pouvait-il préférer Maria à cette belle fille jeune ? Maria avait raison : il devait être pervers, au fond. Une seconde, il eut honte de lui-même, mais cette honte, elle aussi, était si mince, si lointaine... Il lui fallait presque se forcer pour avoir honte.

— Que veux-tu dire ? demanda-t-il en nouant péniblement les lacets de sa chaussure dix fois cassés et reliés par des nœuds qui ne passaient plus dans les trous. (Il fallait qu'il pense à s'en acheter quand même... Ce n'était vraiment pas la peine d'avoir deux femmes. Vraiment ! De toute manière, si l'une des deux pensait à lui en acheter, ce serait Nicole. Il n'y avait pas de doute là-dessus, parce que l'autre...)

Gueret se leva : il allait rentrer sur sa bécane, l'arrêter avant la maison de l'autre pour ne pas faire de bruit, monter à pas de loup jusque chez l'autre, et là, une fois couché sur l'autre, elle aurait du mal à se débarrasser de lui. Elle n'en aurait peut-être même pas envie, l'autre... Que disait Nicole ?

— Je veux dire que ce n'est pas spécialement les jeunes filles qui t'intéressent à présent, à ce qu'il paraît. Tu les aimes même drôlement âgées, il paraît aussi.

— Qu'est-ce que tu veux dire ?

Il le savait déjà, bien sûr. Il aurait dû prendre des airs indignés, nier, s'énerver, mais, au lieu de ça, il s'habillait en vitesse, anxieux de filer avant qu'elle ne lui pose une question trop directe, avant qu'elle ne lui dise des trucs trop horribles sur Maria. Mais elle le battait à la course, tranquillement assise au fond de son lit, les bras croisés, comme un juge.

— Ta logeuse, Mme Biron, c'est vrai que c'est le grand boum entre vous ? Je n'arrive pas à y croire.

— Quoi ? Mais qui t'a dit ça ? demanda-t-il d'un ton stupéfait qui sonnait faux déjà à ses propres oreilles. Mais c'est dingue...

— Oui, c'est dingue, mais tout le monde le dit et tout le monde n'est pas dingue. Moi, je n'y croyais pas au début : l'idée de toi avec une salope de cet âge, ça me paraissait un peu fort quand même. Je le disais même à Muriel... Je lui disais : il ne va quand même pas se taper ça, non ? Une ex-putain de Marseille, une vieille pocharde...

C'est le terme « pocharde » plus que « vieille » qui choqua Gueret. Vieille, Maria disait assez qu'elle l'était, prenait assez volontiers en public, par dérision, des mines attendries et maternelles ; mais, pour Gueret, cette différence d'âge n'avait aucune importance – surtout pas dans le domaine érotique. Non, ce qui le choquait, c'était que Nicole parlât de Maria, l'autoritaire et lucide Maria, comme d'une poivrote égarée dans les ruelles d'un port, comme d'une épave. Seulement l'indignation de Nicole, sa sincérité étaient telles qu'il ne pouvait défendre sa maîtresse autrement qu'en avouant tout. Et là, sur ce point, Maria avait été formelle : il devait désavouer leurs relations, refuser les provocations, rire aux plaisanteries indiscrètes, il devait la renier, bref. Sur le coup, il avait trouvé noble, voire héroïque, venant d'elle, cette exigence. Mais maintenant il se demandait si, après tout, c'était bien sa réputation à lui qu'elle voulait ainsi défendre et non pas la sienne propre. Après tout, peut-être était-ce elle qui avait honte de lui... Sûrement d'ailleurs : puisqu'elle lui refusait son lit, son corps, cela voulait dire qu'elle n'était pas fière de leurs relations. Bien sûr, il était beaucoup plus jeune, et du même coup mieux physiquement ; mais ce privilège, cette supériorité n'existaient plus nulle part dès l'instant qu'ils n'existaient pas aux yeux de Maria. « Pourtant, se disait Gueret, pourtant, bon Dieu, ça compte dans la vie, le physique et l'âge. » Nicole était autrement jolie quand même, et ce n'était pas parce qu'il s'emmerdait avec elle, ni parce que maintenant elle ne lui disait plus rien, que tout le monde avait tort : tout le monde, c'est-à-dire tous les journaux, tous les films, tous les sondages, tous les conseils, tout, quoi. Tout le monde le disait assez que c'étaient les hommes et les femmes, les gens quoi, jeunes et beaux, et marrants, et bronzés, et pleins aux as qui amusaient, qui plaisaient, qui gagnaient, qu'on aimait dans cette société. Cette société, c'était eux qui en étaient la crème ; et ce n'était pas en tout cas cette femme mal fagotée de cinquante ans passés, taciturne et dure. Seulement, pensa Gueret, et cette nouvelle évidence le frappa comme la foudre, seulement il n'en avait rien à faire, lui, des sondages. Après tout, ce n'était pas l'approbation générale qui changeait les choses. Ce n'était pas les statistiques qui empêcheraient que c'était elle, Maria, qui le faisait rire, elle, Maria, qui l'excitait.

— Tu lui reproches quoi, à Mme Biron ? demanda-t-il d'une voix pâteuse.

Il était venu à bout de ses chaussures et à présent il se glissait vers sa veste et vers la porte. Nicole triompha.

— Ta Mme Biron, elle était là avant toi, à Carvin, je te signale. Et il y avait pas mal de types de l'usine ou d'ailleurs qui la connaissaient, ta Mme Biron, et qui ne l'appelaient pas Madame. Elle n'était pas toute neuve, tu sais... Seulement, maintenant, les mêmes types sont devenus plus difficiles : la Maria, ils lui préfèrent des filles plus jeunes. Je te parle des types normaux, bien sûr...

Il y eut un silence dans lequel la voix de Gueret claqua tout à coup, chargée d'une rage incompréhensible.

— Mais, bon Dieu, qu'est-ce que c'est que cette histoire de jeunesse ?

Il avait hurlé et Nicole le regardait, ébahie, presque effrayée. Il était blanc de colère, l'air exaspéré. Exaspéré, en effet, il l'était. Il sentait trop bien que, s'il était sorti comblé du lit de Maria, il aurait pu jouer le désinvolte, en dire du mal, la renier, quoi. Mais là, repoussé par elle, il s'en sentait complètement solidaire.

— Ça veut dire quoi, la jeunesse ? reprit-il plus bas, tout en boutonnant sa veste, les doigts tremblants. Qu'est-ce que tu veux que ça me fasse, moi, que tu sois jeune ? Ça ne m'excite pas, moi. Il n'y a que les vieillards que ça excite, la chair fraîche ! Tu ne savais pas ?

Elle le regardait, la bouche toujours ouverte, et sa ressemblance avec une volaille passa tout à coup à travers l'esprit de Gueret sans qu'il s'y arrêtât. Déjà, il ne la voyait plus, il ne la voyait pas. Il fallait qu'il aille voir là-bas. Il fallait qu'il aille vérifier si cette idée extravagante qu'il venait d'avoir sur Maria, sur lui-même et sur le monde en général, était fondée. Il fallait qu'il aille voir si elle était vraiment à ce point différente, insensible à tout ce qui était la morale de son temps, la mode de son temps, les critères de son temps, les conventions de son temps, les règlements, quoi, de son temps… Ah oui, il fallait qu'il aille voir si vraiment elle s'en foutait à ce point. Il se décida d'un coup, se leva, attrapa Nicole par le poignet et la poussa vers ses vêtements.

— Tu vas voir, dit-il, si elle me gêne, Mme Biron. Cette nuit, on va dormir « chez moi » pour changer. Et demain, dimanche, je dirai à ma vieille maîtresse de nous apporter le petit déjeuner au lit, hein ? Ça suffira comme preuve ?

Il dégringolait déjà l'escalier, et Nicole s'habillait d'abord en hâte, mais peu à peu ses mouvements se ralentissaient malgré elle. Il enfourcha sa moto d'un air vainqueur, et elle s'accrocha à son dos, courbée en avant dans une posture suppliante et effrayée qui était comme le symbole de sa nature profonde mais que Gueret, devant, ne vit pas. La nuit était claire et ils zigzaguaient sous la lune, entre les terrils, comme en plein soleil. Un peu avant la pension, Gueret se surprit à réduire les gaz et il relança le moteur brutalement, ce qui faillit vider Nicole. La poussant devant lui vers l'escalier, il pérorait, très fort, après avoir claqué la porte :

— C'est tout droit, criait-il d'une voix enjouée, la première porte à droite. Ça te plaît, ma jolie ? continuait-il d'une voix égrillarde à présent, mais qui ne sonnait pas de vérité car, entrée dans la chambre, Nicole restait immobile, debout, les pieds en dedans, et visiblement au comble de la gêne. Elle regardait les photos des Caraïbes accrochées au mur, et c'est d'une voix sage qu'elle chuchota :

— Qu'est-ce que c'est que ça ? Tu veux partir là-bas ?

— J'aimerais bien, chuchota à son tour Gueret. Ça oui, j'aimerais bien, reprit-il d'une voix violente et fausse, une voix de mauvais acteur dans un film de cape et d'épée. Et si tu veux, je t'emmène avec moi. On vivra au soleil...

Nicole souriait, sa peur envolée, et elle se prenait au jeu.

— Quelle bonne idée, mon chéri ! disait-elle, criait-elle presque d'un ton pointu de starlette. Ce qu'on serait bien, là-bas... Qu'est-ce qu'on ferait... à part l'amour ? dit-elle en clignant de l'œil dans la direction du mur et en prenant une voix qu'elle trouvait peut-être voluptueuse, mais qui sembla grotesque à Gueret. Grotesque parce que Nicole était debout sur la pointe des pieds et qu'elle parlait sans le regarder, la tête tournée vers ce mur qui le mettait de mauvaise humeur, inquiet et mal à l'aise.

— Alors, on va au lit ? reprit-il de cette même voix stupide. Viens ici.

Elle obéit machinalement et se retrouva assise sur le lit, à côté de Gueret qui tout à coup en la regardant ne savait plus que faire. Comment pourrait-il prendre cette petite chipie assommante dans ses bras ? Comment oserait-il la faire gémir alors qu'à deux mètres, derrière cette cloison si proche Maria écoutait peut-être ?... Non, elle n'écoutait pas, bien sûr, mais elle entendait sûrement, et ça, c'était effrayant à penser.

Nicole, de son côté, le regardait avec une docilité, une humilité effrayées. Il devenait ridicule, pensa-t-il rageusement. Voilà que cette garce de Maria le rendait impuissant à présent ! C'était complet...

— Je me mets toute nue ? demanda Nicole.

Et malgré lui, Gueret la regarda comme si elle eût proféré une obscénité, et Nicole rougit. Il se révolta :

— Oui, dit-il, oh oui ! j'adore te voir à poil, articula-t-il dans un dernier effort. Embrasse-moi...

Le ton était tellement faux que Nicole ne bougea pas. Mais, toujours comme dans un mauvais film, elle marqua un temps et poussa un gémissement ridicule.

— Ah toi... mon chéri... commença-t-elle sans entrain... mais... mais...

Mais la porte s'était ouverte en grand, allait battre le mur, et sur le seuil, immense dans sa robe de chambre fripée, leur sembla-t-il, Maria, décoiffée, son œil sombre devenu mat, les contemplait.

— Alors ?... dit-elle.

Nicole, machinalement, se dressait sur le lit, inclinait la tête, murmurait un « Bonjour, madame » mielleux et saugrenu tout en reculant devant elle. Mais Maria ne lui laissa pas le temps de faire des amabilités.

— Vous vous croyez dans un bordel, ici ? demanda-t-elle à Gueret d'une voix plate. Pour vos récréations, il faut aller dans le terrain vague en face, mes petits. Vous aurez de la place et moi, je pourrai dormir. Allez, dehors !

— Mais… dit Gueret bégayant, mais c'est ma chambre, ici…

— Ah non, dit Maria vivement, tapant du talon sur le plancher pour bien désigner celui-ci. Non, ici, c'est ma chambre à moi ! C'est une chambre que je loue – pas cher, d'ailleurs – à des clients, uniquement des célibataires. En revanche, dehors c'est gratuit – complètement gratuit. Aussi je vous laisse trois minutes pour y aller et me ficher le camp d'ici. J'ai sommeil, moi !

Et elle referma la porte derrière elle sans même la faire claquer, ce qui acheva d'humilier Gueret.

— Non… non, mais elle se prend pour quoi ?… Elle se prend pour quoi ?… répétait-il debout, pâle et titubant comme s'il eût reçu des coups.

Mais déjà Nicole le tirait par la manche et disait : « Viens, on s'en va » d'une voix plaintive. Ils remontèrent sur la motobécane, repartirent dans l'autre sens sous une lune impavide mais devenue translucide, au bord de l'évanouissement.

Une fois devant chez elle, Nicole n'écouta même pas Gueret et ses justifications embrouillées. Elle grelottait de froid, et peut-être d'une terreur rétrospective. Elle avait la tête rentrée dans les épaules et, comme elle se tournait vers la porte, Gueret vit son dos : son dos qui exprimait quelque chose que le dos de Maria n'exprimerait jamais, mais que son dos à lui, Gueret, avait exprimé plus d'une fois et qui était l'humiliation.

— Alors, tu as vu, hein ? dit-il. Quand même, tu as vu ?

— Oui, dit-elle, j'ai vu.

— Tu crois toujours que c'est ma maîtresse ? cria-t-il dans son dos pendant qu'elle s'éloignait.

Mais elle ne répondit pas, elle ne se retourna même pas. Et Gueret repartit une fois de plus à toute vitesse vers Maria, seul cette fois. Il allait l'insulter, la battre, peut-être la violer. Elle allait voir, cette bonne femme, à force, ce que c'est qu'un homme en colère... Il fit quelques kilomètres de toute la vitesse de son engin pour nourrir son élan des vrombissements et des accélérations du moteur.

Seulement quand il rentra, le jour s'était levé, et Maria aussi puisque la maison était vide. Et Gueret, une demi-seconde ravi à l'idée, folle, qu'elle fût jalouse, se retrouva vite en proie à l'horrible inquiétude qu'elle ne lui revînt pas.

Elle resta absente trois jours et, pendant ces trois jours, Gueret redevint un pauvre homme :

il ralentit son pas, il laissa tomber sa tête et son ton, resserra sa cravate et ne dit plus bonjour au chien. Nicole le saluait à peine, Mauchant, rassuré, était encore pire que d'habitude, Gueret marchait de biais.

Ce n'est que le deuxième jour qu'il pensa à vérifier la présence des bijoux : ils étaient là, et il rit nerveusement de voir à quel point cela lui était égal.

Moralement, il se cramponna à des remèdes de pauvre homme : il arrosa les plantes et les légumes à la place de Maria, avec beaucoup d'application, mais il dormit mal. Et physiquement, il se laissa aller : pendant trois jours, mis à part la cravate resserrée presque à l'étrangler, il ne changea pas de vêtements, remettant la même chemise, le même pantalon et la même veste de plus en plus fripée.

Et ce dernier jour, vers quatre heures, Mauchant, donc au faîte de la revanche, lui faisait remarquer sa mise négligée pendant que Gueret, accablé, muet, laissait son regard flotter sur les terrils.

— Dites-moi, disait Mauchant lui aussi, après Maria, dites-moi, Gueret, vous vous croyez dans un bordel ? (Décidément, pensa Gueret, lui qui n'y avait été qu'une fois dans sa vie, on le traitait à présent comme un grand pensionnaire.) Vous ne pourriez pas vous soigner un peu ? Ce n'est pas une porcherie, ici. Mais vous n'avez peut-être pas d'autre veste, après tout, monsieur Gueret. Votre vestiaire...

Mauchant s'arrêta. Quelque chose dans la position de Gueret l'alertait. Ce paltoquet s'était redressé, raidi, et son visage figé semblait fasciné par les terrils. Mauchant y jeta un coup d'œil, machinalement, mais il n'y vit rien, à part une petite fumée blanche qui surgissait d'un toit, au fond à gauche. Aussi ne comprit-il pas lorsque Gueret se mit debout, l'air épanoui et autoritaire soudain, et lorsqu'il le repoussa violemment de la main, comme un objet, pour se jeter vers la porte.

— Gueret ! hurla Mauchant, Gueret, revenez ici !

— Foutez-moi la paix, hein ! dit Gueret, sans même se retourner vers son bourreau à nouveau impuissant.

Et quand Mauchant se pencha à la fenêtre pour l'insulter, la moto de Gueret volait déjà en direction de la fumée blanche.

Maria s'était fait coiffer, elle avait un manteau neuf, et elle était légèrement maquillée, mais cela Gueret ne le vit qu'après : à peine arrivé et laissant tomber sa précieuse machine, il avait en deux pas traversé la cuisine et pris Maria dans ses bras, sans la regarder, avec une telle décision qu'elle s'était laissé faire. Il avait la joue sur ses cheveux, il ne bougeait pas, il écoutait son cœur battre à grands coups contre celui de cette salope, cette salope qui l'avait empêché de dormir, qui l'avait obsédé trois jours et trois nuits. Il n'était pas question de l'engueuler ni de la battre, il n'était même plus question de lui poser des questions : elle était rentrée, elle ne se débattait pas contre lui, tout allait bien. Son cœur se calmait à présent, et il eut un petit soupir de soulagement.

— Ce que j'ai eu peur, dit-il.

Elle s'agita un peu contre lui sans relever la tête, inerte mais docile.

— Peur de quoi ?

Sa voix était étouffée par la veste de Gueret ; il la tenait si serrée qu'elle ne pouvait pas le voir. Aussi put-il dire sa phrase, et elle l'entendre, sans se mettre à rire ni l'un ni l'autre.

— Eh bien, tiens : j'ai eu peur que tu me livres aux flics, dit-il en souriant.

Le samedi suivant, ils prirent le car pour Lille et, pendant tout le trajet, Maria refusa de répondre aux questions de Gueret. Calée dans son siège, les deux mains croisées sur son sac, dans son manteau noir usé, elle avait vraiment l'air d'une campagnarde roulant vers la ville avec son grand fils. À peine descendue du car, elle héla un taxi – luxe nouveau – d'un geste naturel qui épata Gueret.

— Rue des Hongrois, 23, dit-elle en se laissant tomber sur la banquette.

— Qu'est-ce qu'on va fiche rue des Hongrois ? chuchota Gueret.

— Tu vas voir.

Elle referma les yeux d'un air excédé, mais elle souriait malgré elle.

Le 23, rue des Hongrois était une vieille maison de pierre sise dans un quartier huppé de Lille, avec un porche solennel, un blason au fronton, et une grande cour pavée sur laquelle s'ouvrait une petite porte. Maria l'ouvrit, alluma en entrant, et aussitôt alla ouvrir la fenêtre au fond de la pièce. Gueret se trouvait dans un living-room cossu, meublé avec un mauvais goût tapageur, moitié art déco, moitié colonial : un canapé en cuir noir, des lampes en acier modernes – ou qui l'avaient été –, des glaces oblongues et deux poufs de style marocain ; le tout très prétentieux et très laid mais qui sembla aussi luxueux à Gueret qu'il l'avait semblé à Maria. Elle s'était retournée, et son regard d'abord anxieux devint très vite triomphant lorsqu'elle vit l'air béat, ébloui de Gueret.

— Alors, qu'est-ce que tu en penses ? Nous voilà locataires, mon petit.

Elle brandissait une clé.

— Ah, dis donc, c'est un peu chic, cet endroit... dit Gueret, toujours immobilisé sur la moquette bordeaux.

— Eh bien, assieds-toi. C'est du cuir de Russie, mais c'est fait pour s'asseoir quand même, dit-elle en désignant le canapé.

Gueret s'assit avec précaution, étira ses jambes et tout à coup posa ses pieds sur le cuir de Russie, et la cigarette au bec, l'air désabusé, jeta un coup d'œil canaille vers Maria. Il l'interpella d'une voix de tête :

— C'est pas mal chez vous, ma petite poulette, dit-il, vous n'auriez pas un doigt de porto en plus, avec des chips ?

Maria était généralement peu sensible aux plaisanteries de Gueret, mais là elle enchaîna naturellement, et avec une révérence :

— Que Monsieur ne se dérange pas, dit-elle. Surtout pas.

Et elle sortit de la pièce, fit claquer des portes, revint vers Gueret, un verre à la main.

— Tiens, dit-elle c'est du martini, je n'ai pas pensé au porto, mais tu en auras samedi prochain.

— Samedi prochain ? Tu as loué pour longtemps ?

— Six mois, le temps que Gilbert liquide le reste. Mais tu n'as pas tout vu... Viens.

Gueret la suivit jusqu'à un minuscule jardinet fraîchement retourné, puis vers une chambre déjà faite. Il y avait un lit immense, avec un dessus-de-lit en satin noir incrusté de fils dorés, deux lampes de bureau orientables sur les tables de chevet en bois de rose, et une coiffeuse en chrome où se reflétait la salle de bains, elle aussi étincelante. Épaté, Gueret jetait autour de lui des coups d'œil stupéfaits.

— Tu verras l'autre chambre après, dit-elle, mais d'abord essaye ça.

Elle ouvrit un placard et sortit une chose sombre qu'elle lui jeta dans les bras.

— C'est un smoking, dit-elle. J'ai aussi acheté une robe pour moi. On avait bien parlé de faire la nouba, non ? Alors, ce soir, on la fait ; après, on rentre coucher dans notre pied-à-terre, chez nous ; demain matin, on dort ; et puis, le soir, on repart pour les Glycines. Ça te va ?

Elle parlait d'une voix basse, mesurée, mais ses yeux brillaient de plaisir et d'orgueil. Elle avait quelque chose d'enfantin tout à coup.

— Tu parles, ça me va ! dit Gueret enthousiaste. Tu parles…

Il tenait le smoking devant lui et il se regardait dans le miroir en haussant le menton et en bombant le torse.

— Tu parles si ça me va !… Toute la semaine, il pourra bien brailler, Mauchant, moi je penserai à la rue des Hongrois.

Maria broncha. Le match Mauchant-Gueret l'exaspérait : elle s'étonnait, chaque fois, que Gueret ne l'eût pas encore assassiné dans un coin sombre de l'usine. Gueret, pour changer de sujet, enleva sa veste, mit celle du smoking.

— À nous deux, la nouba ! dit-il. Ça va valser ce soir à Lille…

Quelques heures plus tard, ça valsait, en effet, à Lille, dans une boîte du même style que leur pied-à-terre. Maria, décoiffée, chantait *Mélancolie*, un air des années quarante, tandis que Gueret, légèrement ivre, hilare, se raccrochait à une entraîneuse. Des bravos légèrement rigolards, ou légèrement attendris, saluèrent l'exploit de Maria. Gueret, ayant applaudi à tout rompre, tenta de la traîner sur la piste mais elle refusa ; elle s'était mise copine avec le pianiste chef d'orchestre, ils parlaient ensemble des succès de l'après-guerre, ils évoquaient des airs nommés *Gypsy, Sentimental Journey, Star Dust* inconnus de Gueret qui se retrouva une fois de plus en train de danser avec l'entraîneuse.

— C'est ta mère ou quoi, la chanteuse ? demanda la fille.

— Ma tante, dit-il entre ses dents.

C'était sa variante à la consigne de Maria. Le mot « tante » gardait une vague romanesque pour lui par rapport au mot « mère ».

— On sort avec sa tante, à ton âge ?...

Gueret haussa les épaules.

— Elle a de bons côtés...

— Tu peux me dire lesquels ? C'est convenable, au moins ?

La fille était ironique et agressive ; elle avait trop bu, elle ricanait, et Gueret se sentit agacé.

— Alors, qu'est-ce que tu lui trouves à ta tante, hein ? Ta tante comment d'abord ?

— Maria, dit-il machinalement.

Puis il reprit :

— Enfin, Marianne.

Ils avaient décidé aussi de porter des faux noms, sans grande nécessité : dans leur vie étroite, qui aurait pu les reconnaître dans cette ville refermée sur ses notables ? Qui aurait pu les reconnaître dans ce bistro style Pigalle ? Mais

Maria avait voulu qu'il s'appelle Raoul – nom qu'il trouvait rastaquouère. Il aurait préféré quelque chose genre « François-Xavier », ou « Sébastien », un nom romanesque, quoi. Mais Maria avait refusé sous prétexte d'initiales, et il s'appelait Raoul à présent, au lieu de Roger.

D'ailleurs, il y avait bien vingt ans, depuis la mort de sa mère, qu'on ne l'appelait plus Roger. Tout le monde l'appelait Gueret – à part Nicole qui l'appelait mon chou, mon chéri, mon minet et autres sottises, et Maria qui ne l'appelait pas du tout.

— Et alors ?... (La fille s'était arrêtée de danser, elle empestait l'alcool, vraiment...) Alors, tu accouches ? Qu'est-ce qu'elle a, tante Marianne, de marrant ? C'est quoi, ses bons côtés ? Tu veux que je lui demande ?

— Non, dit-il, vaguement inquiet. Non, je te l'ai dit, elle est marrante, elle me fait drôlement rigoler, quoi, c'est tout.

La fille le dévisagea, incrédule. Elle se mit à sourire tout d'un coup et ouvrit la bouche sur un flot d'insanités, de plus en plus véhémentes, et qui arrêta les danseurs autour d'eux.

— Elle te fait marrer ? Alors ça ! Avec ses chansons mélancoliques, ses mélos et ses taffetas, elle te fait marrer, ta tante Marianne ?... Dis donc, tu serais pas plutôt son gig, à la belle Marianne ? Hein ?

Pour comble de malheur, la musique s'arrêta et Gueret se retrouva au centre de la piste, entouré de danseurs sarcastiques. Il chercha Maria des yeux, ne la vit pas. Il commençait à paniquer ; il essayait vaguement de mettre ses mains dans ses poches pour avoir l'air plus dégagé, mais elles ne rentraient pas dans son smoking trop étroit, et il finit par les mettre dans son dos. La fille était en pleine hystérie :

— Vous savez qu'il est drôlement marrant, le nouveau minet ! criait-elle. Vous savez qu'il trimballe toutes les nuits tante Marianne, la chanteuse de mélancolies. Ça se passe comme ça, à la campagne : même après trente ans, on emmène tantine faire la nouba. C'est pas au poil, ça ?

Gueret était rouge. Il fit un signe vers Maria, enfin retrouvée, mais la fille le vit :

— Ça y est !... commença-t-elle. Voilà le paysan qui pique un fard... C'est délicat, c'est sensible tout ça. Alors, où elle est, tantine ?

— Je suis là, dit la voix paisible de Maria, et écartant d'un geste les couples goguenards, elle vint vers la fille qui recula imperceptiblement.

— Je vous disais bien qu'elle était là, la tantine...

— Et alors, ça te dérange ?

Maria avait parlé à voix basse, mais d'une voix sifflante, dangereuse, qui un instant arrêta la fille. Et elle se serait peut-être arrêtée pour de bon, si un type un peu bronzé, aux lunettes noires, suivi d'un balèze couvert de carreaux vert pomme n'était arrivé derrière eux.

— Alors, dit l'homme aux lunettes, on t'embête, ma jolie ?

Il avait pris la fille par le cou et il affectait de ne pas regarder Gueret qui, sortant de son mutisme, essaya d'arranger les choses :

— C'est une erreur, dit-il, mademoiselle voulait plaisanter, on avait mal compris. Ce n'est pas grave.

Il s'efforçait de sourire, mais il se sentait inquiet : ces deux mecs lui faisaient un sale effet, c'était des mecs à histoires ; la soirée tournait mal, il avait trop bu pour savoir que faire ; c'était différent, ici, du café des Trois Navires.

— Allez, viens, on se tire, dit-il à Maria. Il est tard, non ?

Elle ne répondit pas ; elle regardait le type à lunettes.

— Faudrait faire des excuses avant de partir, dit celui-ci.

Et il souffla la fumée de sa cigarette dans l'œil de Gueret qui recula la tête. Quelqu'un se mit à rire derrière eux, et Maria fit un pas en avant vers le mariolle qui, lui aussi, recula involontairement. La foule s'était arrêtée de rire soudain ; et c'était la curiosité qui régnait et non plus la raillerie.

— Dis donc, le gangster de province, dit Maria de la même voix mate que tout à l'heure, tu vas nous foutre la paix ? Les gangsters d'opérette, ça ne m'amuse pas, moi. Je vais te dire : les durs, j'en ai connu des vrais, moi, à Marseille, des sérieux... D'abord ils foutent la paix aux clients, deuzio, ils sont polis avec les femmes, tertio, ils n'ont jamais de chemise sale, ni les ongles crasseux, ni des rouflaquettes de tante... Tu me suis ? Alors, pousse-toi, hein ? On viendra voir si tu as fait des progrès, mon neveu et moi, dans quelques années... Mais trotte-toi, hein ? Tu n'as pas quinze ans, mon petit vieux...

Le type avait essayé de la couper, en vain, et il était blanc à présent. Les rires avaient changé de camp autour d'eux, et il s'effaça machinalement devant Maria et son œil d'aigle ; mais, dès qu'elle eut tourné le dos, il se rejeta vers Gueret qui lui avait emboîté le pas un peu tard.

— Alors, dit-il, ça te fait rigoler tout ça, hein ?

Dans le même temps, il lui lança un coup de pied dans le genou et un direct à l'estomac. Gueret, stupéfait, se plia en deux, reçut un autre coup de pied dans les côtes et roula à terre. Le type était déchaîné. Il lui filait coup sur coup en le poussant vers la porte, et Gueret, aveuglé, le nez en sang, se bornait à des gestes défensifs et maladroits. Il atterrit dans l'entrée, y roula, et le demi-sel, avec l'aide du portier, le jeta dehors et referma la porte sur lui. Gueret se retrouva aux pieds de Maria.

Elle était debout dans l'aube, sur le pavé violet, elle le regardait de haut et elle semblait inclinée vers tout autre chose que la compassion. Il avait mal aux côtes et il saignait du nez, il avait mal au cœur aussi. Il s'appuya du dos contre la porte, tenta de se redresser.

— Alors ? dit-elle.

Gueret se laissa retomber, mit la main devant son visage, regardant le sang sur ses doigts, et essuya sa main sur son pantalon. Puis il rejeta la tête en arrière, respira longuement, les yeux clos. On entendait un tango sortir de la boîte.

— Ça sent bon… dit-il tout à coup, ça sent la campagne.

— Ça ne te gêne pas d'avoir été rossé ?

Maria était toujours debout, immobile comme un juge. Gueret se sentait très loin d'elle, très loin de ces bagarres, très loin de tout.

— Non, dit-il tranquillement, non, ce n'est pas important…

— Qu'est-ce qui est important ?

La voix de Maria était brutale, à peine intriguée.

— L'important, dit Gueret, c'est qu'on est bien, à cette heure-ci. La musique est bonne… C'est beau, cette rue déserte… On va rentrer dans notre jolie maison, on va dormir ensemble, c'est ça qui est important.

Il parlait doucement, d'une voix virile, très assurée, et la femme en face de lui s'agenouilla presque pour le regarder de près : sa colère était devenue une interrogation passionnée.

— Je n'y peux rien, dit-elle. Moi, un type, il faut que je le respecte. Je veux un type libre et qui dise merde : merde aux affreux, merde aux braves gens, merde aux gangsters, un type qu'on respecte, tu comprends ?

— Tu te sentirais mieux si je l'avais tué ? demanda Gueret d'une voix douce. Tu es vexée, non ?

— Oui, dit-elle. J'ai honte.

Il avait laissé tomber sa tête sur le côté, il ne la regardait pas, une mèche de ses cheveux lui tombait sur l'œil, il avait l'air blessé et indifférent. « Il est beau », pensa-t-elle pour la première fois.

— Je ne suis pas un type que l'on respecte, dit-il avec lenteur ; je ne l'ai jamais été, « respecté » ; ni à l'école, ni chez moi, ni à l'usine. Les gens me traitaient mal et ils continuent.

Maria s'était penchée sur lui. Elle l'avait pris par le menton et elle essayait de ramener son visage en face du sien et de voir ses yeux, mais il refusait ; il parlait sans la regarder.

— Oui, mais toi, dit-elle, un soir, tu t'es révolté, non ? Tu as dit merde aux autres, à l'usine, aux terrils, à la loi : tu as tué… Tu as fait ça une fois au moins…

— Tu crois ?

Il avait l'air songeur, soudain, et elle se releva essoufflée, fatiguée. Il lui semblait qu'ils s'étaient dit quelque chose qu'ils n'auraient pas dû se dire, et elle avait l'impression de n'avoir pas eu le dernier mot. Elle était passée du mépris et de la colère contre lui, de la rage aussi, à un sentiment ambigu qui ne ressemblait à rien d'éprouvé jusque-là.

— Tu viens ? dit-elle durement pour se rassurer.

Gueret s'était relevé et il époussetait sa manche soigneusement.

— J'ai une tache, dit-il, quelle barbe !

Il semblait plus soucieux de ce smoking taché que de s'être fait rosser devant sa maîtresse, et un coup de colère la secoua à nouveau.

— Alors, tu viens ? Tu feras le joli cœur ailleurs !

Il la regarda et sourit avant de dire :

— Mais non, voyons, il faut que j'en finisse avec ces zèbres…

Et il se tourna vers la porte, l'ouvrit et disparut dans la boîte avant qu'elle ait réagi.

Maria resta seule à la porte, résistant à la vague idée de rentrer à son tour, de le suivre, puis elle s'appuya au porche noir qui devenait gris avec l'aube. Elle respira à fond pour calmer quelque chose en elle qui s'énervait, et s'étonna de remarquer qu'effectivement le vent sentait bon dehors…

Gueret s'était immobilisé un instant, dans la pénombre, loin du bar, les jambes molles. On ne l'avait pas vu entrer et il entendait les voix coléreuses de ses adversaires, accoudés au bar. Le costaud à carreaux avait une voix ironique, et le faux dur sadique s'énervait.

— C'était pas la peine de le bourrer de coups de pied, disait le malabar. T'as bien vu qu'il ne savait pas se battre… Tu es un peu salaud, mon joli, quand tu es vexé.

— Pourquoi je serais vexé, hein ?

La voix de celui que Gueret appelait le gangster d'opérette, désormais, était haut perchée. Elle avait peut-être raison après tout, Maria, en parlant de ses rouflaquettes de tante… « Elle a de bonnes expressions quand même », pensa Gueret, et un rire silencieux le secoua. Il avait envie de rire d'ailleurs, de tout. Car c'était drôle à force…

Qu'est-ce qu'il fichait là avec ce sang séché qui lui bouchait le nez, et ses côtes qui lui faisaient mal, et ces pauvres types qui parlaient de lui, au bar, comme s'ils n'avaient que ça à faire, à cette heure-là ? Il était devenu le centre d'intérêt, se dit-il avec dérision ; et un sentiment de supériorité, tout à fait déplacé chez un type qui venait d'être rossé de la sorte, l'envahit. Il allait se faire de nouveau casser la gueule, et il rentra l'estomac à cette idée, là où ça faisait encore mal. Pour une fois il ne se demandait pas ce qu'il allait faire, ni pourquoi il allait le faire, ni ce que les gens en diraient ; simplement il allait faire ce qu'il avait envie et besoin de faire. Il se sentait libre, éprouvait un sentiment vif et grisant, une sorte d'exaltation tranquille, qui était le sentiment de la liberté, et qu'il reconnaissait comme tel, bien que ne l'ayant jamais ressenti. Il était marrant que sa liberté consistât à se faire bourrer de coups de pied..., pensa-t-il en s'avançant dans la lumière.

La fille, la teigneuse, le vit la première et elle poussa un glapissement qui fit se retourner les autres. Les gens dans la salle ne les voyaient pas. Au bar, sur les tabourets, étaient assis le videur, le malabar et le sadique, plus la fille, c'était tout ; et Gueret en fut soulagé. Tout le temps de cette bagarre ridicule, il avait eu plus peur des visages anonymes et effrayés des clients que de ceux, plus précis, de ses trois adversaires.

— Alors ça... dit le portier, il en reveut... ?

Il descendit de son siège en disant cela, et le faux dur aussi ; le malabar, lui, assis à son bar, avait tourné la tête et le regardait, avec sympathie, sembla-t-il à Gueret.

— Qu'est-ce que tu fais là, mon pote, dit-il, hein ? Tu devrais aller te coucher, amoché comme tu es...

Gueret s'était arrêté à un mètre d'eux, et il les regardait avec ce qu'ils durent prendre pour de l'indécision, car le sadique, un instant déconcerté, reprit du mordant :

— Mais non, dit-il, laisse-le. S'il est maso, je vais l'aider, moi. Tu permets ? Je tiens à mes costumes, moi…

Il enleva sa veste et la jeta d'un geste nerveux à la fille qui, distraite ou fascinée par Gueret, la laissa tomber. Il ouvrit la bouche pour l'insulter mais, jugeant qu'il n'avait pas le temps, il se mit en position de boxeur, le poing gauche en avant, le poing droit devant le visage, « comme dans un film », pensa Gueret qui se balançait légèrement sur ses pieds, les bras le long du corps. Il se sentait à mille lieues de là, et paresseux, tellement paresseux…

— Tu feras ta petite démonstration sans moi, dit le malabar. Je te préviens, Stéphane, tu te démerdes sans moi, ce coup-ci.

— Et sans moi, dit le portier.

Ils avaient l'air un peu distants, un peu dégoûtés, et le nommé Stéphane leur jeta un coup d'œil incrédule d'abord, puis furieux.

— Je n'ai pas besoin de vous, dit-il. Alors tu viens, le cul-terreux, oui ? Tu te décides ?

— Voilà, dit Gueret docilement.

Et il fit deux pas, reçut le poing droit de l'autre sur le flanc droit, le poing gauche à l'angle de la joue, mais cela ne l'arrêta pas et il attrapa l'autre à la gorge. Il tenait entre ses mains quelque chose qui gigotait, quelque chose entouré d'un tissu soyeux… « une chemise sale », se rappela-t-il confusément en fermant les yeux, tandis qu'il recevait une grêle de coups partout sur le corps, dont il s'étonnait de ne pas souffrir. Il sentait l'impact mais pas la douleur ; d'ailleurs il était si près de son adversaire, et si cramponné à lui que ces coups devenaient mous, incertains, de plus en plus faibles. Il serrait sans conviction, lentement, juste pour que cette chose trop agitée et un peu répugnante dans son agitation ne lui échappe pas. C'était long de se battre… Ça n'en finissait pas. Il s'ennuyait presque à présent que les coups avaient complètement cessé, qu'il entendait des voix perçantes autour de lui, que les autres, malgré leurs promesses, s'en mêlaient, qu'on le tirait en arrière, qu'on essayait de lui arracher son adversaire, que la fille hurlait, qu'on le secouait avec furie et que la manche à carreaux du malabar passait devant ses yeux et qu'une main grossière se cramponnait à ses propres doigts, les levait un par un, les retournait, et les arrachait de la chemise sale.

Il résistait, et il aurait pu résister plus longtemps si la chose qu'il tenait si fermement n'était pas devenue molle, lourde, aussi répugnante dans son abandon qu'elle l'avait été dans sa frénésie. Tout ce temps-là, il avait eu le visage enfoui dans une chose noire, luisante et qui empestait la brillantine : le crâne du faux dur. Et, lorsque celui-ci tomba, Gueret se retrouva à la lumière, les yeux clignotants, entendant enfin la rumeur et les clameurs qui gonflaient le bar et qui lui parurent ridicules et mélodramatiques. Quelqu'un l'avait poussé, et il était appuyé au bar, son nez saignait de nouveau ; il regardait des gens s'agiter au-dessus de quelque chose par terre, quelque chose qu'il reconnut être le faux dur à ses chaussures pointues et trop brillantes – chaussures qui l'avaient frappé plusieurs fois, tout à l'heure, quand il était par terre devant la porte. Le malabar ne lui en voulait plus, semblait-il, bien qu'il lui eût sauvagement retourné les doigts, et il tirait Gueret vers la porte. Ils durent s'effacer pour laisser passer deux types inconnus, affolés, qui transportaient par les pieds et par les bras son adversaire, la tête en arrière, inerte. Et, au passage, Gueret vit sa gorge, et l'empreinte rouge et vilaine qui la barrait. « Je l'ai peut-être tué », pensa-t-il distraitement et sans la moindre gêne.

La porte ouverte, ils sortirent, et l'air du matin apparut à Gueret comme faisant partie d'un rêve aussi improbable que sa soirée tout entière.

Il entendit aussi la voix de Maria qui demandait : « Il est mort ? », sans aucune intonation de crainte, ni de plaisir. Il entendit la voix du malabar dire : « Tire-toi, maintenant », et il se massa les doigts une seconde, s'étonnant de les trouver si gourds. Il avait raison, tout à l'heure : ça sentait vraiment la campagne... Et il ne put s'empêcher de le faire remarquer à Maria qu'il distinguait très bien, maintenant : le visage fatigué, le front lisse et l'air un peu boudeur dans le matin – Maria qui, pour une fois, reconnut qu'il avait eu raison et qui, comme il insistait, avoua même que ça sentait le foin coupé...

Il s'était endormi, à peine couché, sur le lit de damas brodé ; il n'avait même pas senti Maria lui desserrer ses chaussures ni lui ôter son smoking. Il se réveilla vers onze heures, la bouche sèche, et se demanda d'abord où il était. Le jour passait par les stores métalliques 1930, et ce qu'il vit tout d'abord, accroché à l'espagnolette sur un cintre, ce fut son smoking qui tournait lentement sur lui-même comme un être humain.

La robe de Maria, elle, gisait par terre et il y avait des taches de sang en relief brunâtre sur le tissu sombre. Torse nu, les yeux ouverts sur ces murs inconnus, Gueret avait croisé les mains derrière sa nuque et il promenait un regard intrigué, amusé, sur ces vêtements épars et maculés, les débris de leur soirée. Une soirée dont il ne se rappelait plus grand-chose d'ailleurs, et il se tourna vers la masse sombre à l'autre bout du grand lit pour lui poser des questions ; mais ce qu'il avait pris pour Maria dormant n'était qu'un amas de couvertures crochetées, en paquet dans ce coin sombre. Gueret, inquiet, se redressa, écouta, et finit par entendre la radio jouer à côté, en sourdine. Rassuré, il se leva un peu trop vite, et poussa un gémissement : on lui avait rompu les os, décidément, la veille. Il se vit alors dans la glace, le grand miroir plat de l'armoire et eut un haut-le-cœur : Maria lui avait laissé son caleçon long pour dormir, mais son torse, ses cuisses étaient couverts de bleus virant au noir, et, de profil, son nez était rouge et enflé à droite, ainsi que sa lèvre supérieure.

Ç'avait été une drôle de bagarre, pensa-t-il, et il eut un petit sourire satisfait. Avant de passer dans le salon, il y jeta un coup d'œil et s'arrêta. Maria était assise sur le sofa de cuir de Russie, tournée vers la porte-fenêtre ouverte sur ce jardin inoccupé, et elle fumait, la main posée sur le poste de radio, immobile, les yeux rétrécis. Il était rare que Gueret la voie ainsi sans qu'elle le voie, rare qu'il la surprenne au naturel, bien qu'elle ne soit jamais affectée. C'était rare et, sembla-t-il à Gueret, probablement secret car seule elle n'avait pas la même expression qu'avec lui. Elle avait l'air plus triste et plus pensif ; plus vague… Gueret ramassa sa chemise de smoking sur le lit et se la mit sur le dos ; Maria riait souvent de ses pudeurs idiotes.

Après avoir crachoté, la radio jouait maintenant une musique solennelle et sentimentale à la fois, jugea-t-il, une musique de dimanche, une musique qui rendait son entrée, pieds nus, ridicule ; et il vit en effet Maria sursauter et mettre ses pieds sur le plancher, se dresser comme surprise en l'apercevant.

Ils se regardèrent un instant, puis se sourirent poliment. Lui était gêné sans savoir pourquoi et pour une fois elle aussi, semblait-il. Mais gênée de quoi ?...

— Tu ne dors plus ? dit-elle. Dis donc, tu t'es bien arrangé... Viens ici, viens voir...

Gueret se tenait debout devant elle, comme à l'inspection. Elle lui avait écarté sa chemise et elle lui tâtait les côtes, les muscles des jambes, l'omoplate d'une main experte et neutre. Par moments, elle sifflotait devant un bleu plus bleu que les autres et disait : « Tu as mal, là ? et là ?... » Il se laissait faire, béat. Il adorait qu'elle s'occupe de lui comme ça. Il n'arrivait pas à décider si c'était des gestes de mère ou de maquignon, en tout cas c'était des gestes d'une femme soignant son mâle après la bagarre. Et lorsqu'elle le congédia, lui tapotant le flanc d'une manière très cavalière cette fois, il soupira.

— Le café est sur le feu, dit-elle. Tu m'apportes une tasse en même temps ?

Dans le réduit nickelé qui s'appelait cuisine, Gueret versa deux tasses, les doigts tremblants. Il avait les jointures gonflées, remarqua-t-il, et il suça ses doigts comme un écolier avant de se rappeler le pourquoi de ces enflures. Alors, ses deux mains se mirent à trembler si fort qu'il dut reposer les tasses en vitesse. Il s'appuyait au mur, terrifié. Il ouvrait et refermait ses larges mains et ses doigts inconnus sans parvenir à se rappeler si oui ou non il avait serré quelqu'un à la gorge la veille, jusqu'à le tuer. On lui avait arraché ce type, il l'avait vu passer, porté par deux hommes, les bras et les jambes épars, la gorge barrée de noir… Était-il mort ? Il ne se rappelait pas. Il ne se rappelait rien de précis ; il n'y avait qu'à Maria qu'il pût s'adresser et il n'osait pas. Quand on larde de dix-sept coups de couteau, pour du fric, un homme qui ne vous a rien fait, on ne s'affole pas d'avoir à demi ou complètement étranglé un malfrat qui vous cherche des crosses. Ça n'allait pas dans la théorie, ça n'allait pas… Et il rentra, les jambes molles, dans le salon, posa sa tasse devant Maria et, pour échapper à son regard, alla se pencher sur le jardin, c'est-à-dire sur le bout de terre qui en tenait lieu. Cette terre fraîchement retournée devait couvrir trois mètres sur deux. « Les dimensions exactes d'une tombe », se dit-il aussitôt dans un réflexe morbide, et il se mit à parler haut et fort vers Maria.

— Tu veux faire des plantations, là aussi ? Qu'est-ce que tu mettras ? Des pois de senteur ? J'aime bien les pois de senteur…

Elle répondait de loin, expliquant l'exposition de cette terre, parlant d'humus, d'engrais, de pousses, et, caché par les stores, Gueret regardait ses mains, regardait sa chemise, ses bras comme si, quelque part, un signe quelconque eût pu lui confirmer son crime. La voix de Maria lui parvint enfin par-dessus la musique, tout à coup très claire.

— J'ai écouté Radio-Lille ce matin, tu m'entends ? Les bonnes gens ont bien dormi à Lille, figure-toi. À part une pharmacie cambriolée et un incendie chez l'épicier, la nuit a été calme pour les Lillois. Tu m'entends ? Réponds…

Gueret avait fermé les yeux de soulagement, et il mit un instant à répondre d'une voix distraite : « Oui, oui, je t'entends, tout va bien à Lille », avant d'ajouter avec conviction en rentrant dans la pièce :

— Décidément, je crois que ce serait très joli, les pois de senteur…

Elle le regarda traverser la pièce et déclarer d'un ton joyeux :

— Je vais tremper mes bleus dans la baignoire rose, tout en riant de sa plaisanterie d'un rire qu'elle ne méritait pas.

Elle le suivit des yeux, l'air toujours vaguement soucieux.

Le fils de l'usine Samson, Francis, celui qui roulait en décapotable et qui mettait des foulards dans ses chemises pour aller travailler, avait été sommé par son père de s'occuper davantage de l'usine et moins des boîtes de nuit parisiennes.

Ce jour-là, le jeune dandy avait traversé la cour à midi et, voyant Gueret, il avait adressé un : « Alors, ça va Gueret ? » des plus amicaux et des plus inattendus. Maurice, le petit sous-fifre de la comptabilité, celui que les coups de colère de Gueret réjouissaient tant, avait ri en voyant son expression ahurie.

— Vous savez pourquoi il vous a à la bonne, monsieur Gueret, Samson le jeune ? À cause de Mauchant…

— À cause de Mauchant ?

Gueret n'y comprenait plus rien. Malgré la vie bizarre qu'il menait depuis quelques semaines, l'usine restait à ses yeux souveraine, indestructible ; c'était l'État.

— Oui, à cause de Mauchant. Il s'est plaint de vous, forcément, mais à Samson le jeune ; et il a parlé de... (le petit commis rougissait, baissait la tête) de votre logeuse... finit-il par dire à voix basse. Il lui a dit que cette femme était plus vieille que vous... et que vous n'étiez pas normal. Alors, comme Samson le jeune a une maîtresse de quarante-cinq piges, vous parlez... il s'est fait recevoir, Mauchant. Lui qui voulait le poste de Le Hideux qui va avoir droit à la retraite, c'est pas cuit...

Gueret, quoique amusé, ne songea pas un instant à raconter ces péripéties à Maria. Tout ce qui était l'usine l'ennuyait. En revanche, son jardin...

Il devait revenir au galop tous les soirs pour l'aider à bêcher la terre, mais ce même jour, elle était déjà au travail quand il arriva. Elle lui fit un vague salut de la main quand elle le vit, suivi du chien, et il comprit en lui jetant un regard furtif qu'il valait mieux se tenir tranquille. Il bêchait depuis dix minutes quand elle le héla.

— Dis donc, je ne t'ai pas dit, j'ai une lettre de Gilbert. Dans un mois, le type de Marseille sera là avec le fric.

— Ça alors... dit Gueret en se redressant et en se massant le dos, dans un mois ? Eh bien, dis donc, ajouta-t-il avec un rire, tu n'en profiteras pas longtemps de tes fleurs… (Il désignait les pousses devant lui, éparpillées dans la terre.) Tu les verras une semaine, pas plus !

Elle ne répondit pas, semblait distraite.

— Alors, on laisse tomber ? dit-il, encouragé par ce silence. Ça ne sert à rien tout ça. On ne va pas les emmener avec nous, ces fleurs…

— Eh bien, moi, justement, je n'aime que ça, dit-elle sèchement, ce qui ne sert à rien. Et, si ça t'emmerde, personne ne t'y oblige.

Elle replanta sa bêche, et Gueret, après un haussement d'épaules, allait l'imiter lorsqu'elle se tourna vers lui :

— D'ailleurs, tu n'as pas tort : les fleurs, c'est passionnel. Elles le comprennent si on ne les aime pas. Tu pourrais les faire crever. Va plutôt chercher du vin chez Gerrier avec ta bécane. J'ai oublié d'en prendre.

Gueret, soulagé, posa sa bêche tout en protestant vaguement pour la forme.

— Je ne vois pas pourquoi je les ferais crever, tes fleurs. Elles m'ont plutôt à la bonne.

— Tiens et pourquoi ? demanda-t-elle d'une voix sarcastique.

Mais déjà, il avait enfourché sa moto et se précipitait sur le chemin. Dans le virage il faillit renverser un autre engin, celui de Mme Rousseau, la seule voisine à qui Maria daignait sourire et dire bonjour. La malheureuse poussa un piaillement aigu, freina et dérapa jusqu'à Maria en klaxonnant comme une perdue, tandis que Gueret s'éloignait.

— Eh bien, dites donc… dit-elle en mettant le pied par terre, ce qu'il m'a fait peur, votre locataire ! J'ai les jambes toutes molles…

— C'est un sauvage, dit Maria brièvement.

S'étant essuyé le front, la grosse Mme Rousseau se remettait courageusement en selle.

— C'est un sauvage, mais un bon garçon, rectifia-t-elle. Quand même, il s'est bien occupé de vos fleurs, matin et soir, quand vous étiez partie, il y a quinze jours. Je le voyais les arroser de chez moi. Ce n'est pas un mauvais locataire, on peut pas dire. Allez, à bientôt…

Et elle partit, laissant Maria stupéfaite, sa bêche à la main. Elle regardait alternativement le chemin où était partie l'une et où allait revenir l'autre, elle regardait l'imperméable de Gueret accroché au portail, et les fleurs. Elle enleva lentement ses pieds des lourds sabots de jardinage, son fichu noir de sa tête et rentra dans la maison.

Détachant son tablier au passage et l'accrochant au coin de la cheminée, elle ouvrit un placard, tira un verre et une bouteille de martini blanc sec, son apéritif favori, s'en versa une rasade, puis une autre, rêveuse. Le verre à la main, elle s'approcha de la cuisinière et remua une cuillère de bois dans la casserole, comme à regret, sans la voir. Ses yeux remontèrent le long du mur jusqu'à une glace de Prisunic accrochée par un clou, et elle y croisa son propre regard. Elle resta figée en face d'elle-même, les traits immobiles, avec une expression un peu hostile, froide. Sa main abandonna la cuillère, remonta jusqu'à son menton, puis ses cheveux qu'elle souleva et fit bouffer un peu d'un geste léger mais sans application, sans intérêt visible. En face d'elle, le visage restait inerte, lointain, c'était le visage de l'ennui et de l'indifférence mêmes. Aussi les yeux clairs et fixes sous les paupières orgueilleuses eurent-ils une expression de surprise plus que de souffrance lorsque des larmes pressées, trop rondes, pesantes à voir en jaillirent l'une après l'autre sans effort, sans que le visage bougeât. Elle les regardait encore couler quand le bruit de la moto se fit entendre.

Gueret en entrant son cageot dans les bras et le chien sur les talons, vit comme d'habitude le dos de Maria penchée sur la cuisinière et en posant le cageot par terre, il rappela le chien. Celui-ci en effet interdit de cuisine y avait déjà avancé trois pattes et restait au bord de cet espace si tentant, les oreilles dressées vers Maria.

— Reste ici, le chien, dit Gueret.

Le chien regardait Maria, attendant qu'elle crie : « Dehors ! » et qu'elle fasse ce geste qui obligerait l'homme alors à le saisir par le collier et à l'expulser du paradis. Mais Maria ne disait rien, ne faisait pas les bruits habituels, ne s'était pas retournée et incapable de résister le chien avança une patte puis l'autre à demi rampant, traversa la cuisine et vint se coucher aux pieds de Maria, les oreilles en arrière, battant la queue à tout hasard. Toujours de dos, Maria parla au chien – pour la première fois, pensa Gueret ravi :

— Eh bien, dit-elle, ça va, toi !… Il y a un mois, tu étais dans la rue ; il y a une semaine, tu étais dans le jardin ; l'autre jour dans le couloir ; et aujourd'hui dans la cuisine ! Tu n'es pas dégonflé !…

Le chien gémissait et remuait la queue de bonheur. Maria se pencha et lui tapota la tête. Puis elle s'accroupit et le chien lui lécha la figure.

— En attendant, tu as grossi, continua-t-elle, tu as un bon poil, tu as l'air content. Ça te réussit – toi – d'avoir trouvé un maître…

— À moi aussi, ça me réussit… dit Gueret en hésitant.

Mais Maria ne releva pas la phrase.

Un peu plus tard ils étaient autour de la table, avec la lampe nue et oscillante au bout d'un fil, et Gueret disait, en mettant son doigt sur un point de la carte d'Afrique étalée devant eux :

— Tu vois là, avec dix types gonflés je monte la plus belle usine de bois qu'on puisse rêver. Je fais tomber les prix d'abord et hop…

— Et moi, je monte un énorme bordel, disait Maria d'une voix amusée – avec devant plein de filles blanches et derrière une énorme serre avec plein de fleurs exotiques…

— Et moi le soir je viendrai avec mes hommes voir les fleurs et les femmes, dit Gueret, en souriant. Enfin moi, je n'en verrai qu'une…

Ils regardaient la carte sans bouger, avec un air d'entente pour une fois complète et le chien, sensible à cette atmosphère, avait posé la tête sur les genoux de Maria et ne bougeait plus. La fenêtre était fermée sur le petit jardin miteux. Dehors cela sentait l'été, malgré les terrils. Gueret était en bras de chemise et en les regardant par la vitre, on eût cru voir un couple heureux et bourgeois, rêvant du Club Méditerranée.

Une semaine idyllique passa ainsi. Le week-end suivant Gueret était au milieu du salon rue des Hongrois dans son smoking, de nouveau pimpant, mais aux manches toujours un peu courtes. Il se balançait sur un pied et boutonnait, non sans douleur, son col empesé en attendant Maria qui pour une fois s'éternisait dans la salle de bains – comme une de ces femmes à chichis qu'elle était si peu. Gueret se mit devant la glace, resserra son nœud papillon, et ne se trouva pas mal. Mais peu à peu son entrain tomba et il réprimait de justesse un bâillement quand la porte s'ouvrit.

— Dis donc, dit Maria en entrant dans le salon, son soulier gauche à la main, ça me rase, moi, ces soirées. Ces godasses m'empêchent de vivre chaque fois… Tu permets…

Elle s'asseyait, enlevait la deuxième chaussure, massait ses pieds avec vigueur, l'air gaie tout à coup dans sa robe de taffetas noir.

— Va faire la fête, mon petit, dit-elle. Vas-y tout seul, moi je ne peux pas. Je reste là avec la télé ou *La Petite Illustration*. (Il y avait un tas de revues d'avant-guerre dans la bibliothèque de faux acajou.) Prends de l'argent et va faire le jeune homme. Ça te fera du bien.

— Ah dis donc, quel pot !... s'écria Gueret en arrachant littéralement son nœud papillon et le bouton de sa chemise. Ah ! là ! là ! ce que ça m'assommait de sortir ce soir...

— Bien sûr, dit Maria sardonique et sentencieuse ; la fête le samedi soir, c'est comme l'usine le lundi matin : du moment que c'est prévu, c'est emmerdant. Non mais, tu te rends compte ! ajouta-t-elle indignée, on allait partir s'empoisonner dans des boîtes sous prétexte qu'on l'avait fait samedi dernier, le samedi d'avant et qu'on allait le faire samedi prochain... Pourquoi ne disais-tu rien si tu n'avais pas envie de sortir ?

— Je pensais que ça t'amusait, dit Gueret l'air vague et gêné.

— Et alors ? reprit Maria, si ça t'ennuyait, tu n'avais qu'à le dire. J'y serais allée seule. Je te l'ai bien dit – moi – que ça me rasait...

Elle s'énervait, elle se mettait en colère, elle butait contre quelque chose de mou, de dangereux, d'inconnu.

— Oui, mais toi c'est toi, dit Gueret d'une voix lasse. Tu es plus maligne, toi…

Elle accepta cette idée avec une bonne foi monstrueuse et elle dit « Heureusement… » en allongeant les jambes sur le fauteuil d'en face, soulagée d'avoir échappé à la vérité, à la seule explication sensible et vraisemblable : c'est-à-dire que Gueret, lui, se serait obligé à sortir avec elle pour lui faire plaisir – effort dont elle était, dont elle avait toujours été incapable.

Un peu plus tard, dans leur nid d'amour moderno-mauresque, ils étaient tous les deux penchés mais cette fois en robe de chambre sur leurs papiers habituels ; de grandes fleurs bizarres et vénéneuses dessinées par Maria avec une grâce inattendue dans leur maladresse, jonchaient la moquette havane ; elles y rejoignaient les calculs compliqués de Gueret sur les bois tropicaux et leurs prix de transport (calculs qu'il faisait avec trois crayons, un rouge, un jaune, un bleu, une règle, du papier quadrillé), calculs impeccables de comptable attentif, superbes à voir mais inquiétants à évaluer d'après les sourcils froncés de Maria quand elle les détaillait. Mais enfin, pour la première fois ils étaient « ensemble », ils semblaient amis, égaux. Maria à la fin le faisait rire en dessinant une maison carrée d'écolière, avec des putes aux fenêtres, une rivière, des palmiers. Et, sous la lampe 1930, aux pieds de laiton et de chrome, posée sur la table Lévitan, ces deux amants si disparates et si laborieux se perdaient jusqu'à l'aube dans des plans infinis de luxe et de triomphe.

C'était le premier jour de l'été. « Décidément, tout arrive à la fois », pensa Gueret en traversant le jardin et en voyant les fleurs de Maria brusquement écloses en une seule matinée ; sentiment conforté par le spectacle qui l'attendait dans sa propre chambre : Maria allongée sur son lit à lui, Gueret, avec le chien près d'elle.

— Il est enfin arrivé à ses fins, ce clebs, dit Gueret en riant avant de brandir triomphalement devant Maria une bouteille de champagne achetée fort cher aux Trois Navires.

— Qu'est-ce que c'est que ça ? dit-elle sans bouger.

— Je suis nommé chef comptable, dit Gueret avec lenteur pour mieux jouir de son effet. C'est Mauchant qui devait succéder à Le Hideux, tu sais ? Eh bien, il a frappé un type et il a été viré ! Et dans le mouvement, hop, on m'a nommé – moi Gueret – chef de toute la comptabilité !… À vingt-sept ans !

Maria était à contre-jour. Il ne distinguait pas son visage et il ne se douta de rien lorsqu'elle lui dit d'une voix tranquille :

— Eh bien dis donc ! En effet... ça s'arrose. Descends, veux-tu, j'arrive.

Le chien sauta du lit et le suivit aussitôt et avec Gueret attendit en bas, exultant, que Maria descendît. Elle y mit du temps, leur sembla-t-il. Et en effet, Maria, après leur départ de la chambre, s'était levée et avait regardé, l'air incrédule, les affiches de plage, de cocotiers, des tropiques sur les murs, et même, instinctivement le poêle où logeaient les bijoux volés. Mais elle avait le visage calme en descendant et en s'installant en face du verre de champagne préparé par Gueret.

— Tu te rends compte ? reprit celui-ci aussitôt, tu te rends compte que je monte deux échelons d'un coup... Je passe de 3 500 à 4 300 dès le mois prochain. Je...

— Si je comprends bien, tu as accepté, dit Maria, la voix toujours atone.

Gueret resta stupéfait. À quoi pensait-elle donc ?

— Naturellement j'ai accepté ! tu plaisantes... ? Ça fait quatre ans que je suis chez Samson, quatre ans que j'attends un avancement... Naturellement j'ai accepté, tu plaisantes ! répéta-t-il littéralement scandalisé.

— Mais, continua Maria toujours rêveuse, est-ce que tu leur as dit que tu ne serais chef comptable que quelques semaines, que tu allais partir monter une affaire au Sénégal ? Il faut les prévenir, non ?

Gueret resta la bouche ouverte, la regarda et eut la phrase qu'il ne fallait pas :

— C'est marrant, dit-il, je n'y ai pas pensé…

Il n'y avait effectivement pas « pensé », comprit Maria en le regardant, et cette simple idée déclencha sa colère :

— Et tu n'as pas pensé non plus à leur dire, siffla-t-elle, que leur nouveau chef comptable – Gueret – avait tué un vieillard de quinze coups de couteau le mois dernier… « dix-sept », pardon Monsieur le Chef Comptable ! Tu n'as pas pensé à leur dire qu'avec l'argent du meurtre tu allais t'acheter une usine de bois aux colonies ? Tu n'as pas pensé à leur dire que le chef comptable de la Maison Samson était un voleur et un assassin ? Mais tu as pensé à quoi, mon garçon ?

Elle le regardait avec haine, dédain, elle le regardait comme le jour où elle lui avait déclaré la guerre. Elle n'était plus la Maria de la rue des Hongrois, elle n'était plus sa complice, elle était son ennemie et son juge. Elle le méprisait si visiblement qu'il se leva comme pour parer un coup.

— Je ne sais pas… ce que j'ai eu, dit-il en bafouillant, un blanc, un trou… Bien sûr, que je vais leur dire… Remarque, deux mois chef comptable, ça pourrait m'apprendre des choses pour l'usine à bois… des trucs que je ne sais pas encore ; ça pourrait…

Il perdait pied et elle le regardait perdre pied avec quelque chose qui ressemblait à du soulagement. Le côté louche, dangereux de Gueret, celui de l'assassin et du bagarreur – celui qu'elle admirait, celui qu'elle aimait presque – avait disparu et le côté bon citoyen et bon comptable, avec ses quatre ans d'ancienneté et ses ambitions minables lui prouvait, si elle avait eu besoin de se le prouver, l'inanité et la folie de cet amour entr'aperçu.

— Je leur dirai demain, reprit Gueret avec ardeur. Je leur dirai que je ne peux pas, que je m'en vais. C'est vrai ça, je ne peux pas… Et demain en plus, s'affola-t-il, il va y avoir un vin d'honneur pour fêter ça…

— Un vin d'honneur ! dit Maria, et elle se mit à rire. Un vin d'honneur… Eh bien, je vais t'en offrir un, moi, de vin d'honneur, à Lille ! Je vais t'offrir du champagne, on va faire la fête un jour de semaine pour une fois…

Elle allait vers le téléphone, décrochait, disait : « Monsieur Bonnet ?… Mme Biron, votre voisine… Il faut que j'aille à Lille tout de suite, vous faites toujours le taxi ?… Eh bien, je vous attends. » Elle raccrochait, se tournait vers Gueret et lui disait : « Va prendre l'argent là-haut, dans mon armoire. Prends tout, ça risque de te coûter chaud, cette soirée... » Et elle appuyait sur le « te ».

Quand le taxi arriva, le chauffeur n'osa pas demander à sa voisine, d'habitude modeste, le motif de ses folles dépenses. Elle avait juste dit : « Monte devant, tu es malade », en poussant Gueret sur le siège avant, et en ajoutant : « Moi, je fume trop, j'aime mieux être seule. » Elle s'était installée sur la banquette arrière dans son costume de jardinière, encore moins sortable que Gueret avec son petit costume fripé et quotidien de comptable. De temps en temps, Gueret tournait la tête, jetait un coup d'œil inquiet vers l'arrière mais il ne voyait que le profil de Maria, un profil dur, tendu vers la vitre et les peupliers de la route par la lunette arrière qui fuyaient et se renversaient derrière elle, comme effrayés de ce qu'elle les eût vus au passage.

Elle se fit déposer à cent mètres de « chez eux », laissant Gueret payer avec des explications embrouillées et il ne la revit qu'une heure après dans le salon debout dans sa robe noire. Gueret transpirait dans son smoking malgré la fraîcheur de la pièce.

— Appelle un taxi, dit-elle. Il est dix heures. On sort, on va au Bataclan.

Le Bataclan était la boîte de leur première soirée, la soirée qui avait mal tourné. Ils n'y étaient pas revenus depuis et Gueret tiqua.

— Pourquoi le Bataclan ? dit-il. Tu ne te rappelles pas ?

Elle le coupa :

— C'est encore là que je me suis le plus amusée, dit-elle avec sauvagerie. Ils vont être bien contents d'apprendre la bonne nouvelle.

— Tu ne préférerais pas essayer un nouvel endroit ? hasarda Gueret.

Et, comme elle ne répondait même pas, il se lança :

— D'ailleurs, je ne vois pas ce qu'on fait là. Je n'ai pas voulu te le dire devant le taxi : mais puisque je renonce... puisque j'ai promis que je ne serais pas chef comptable, ce n'est pas la peine, tout ça... Je n'y vais pas moi, au Bataclan.

— Je veux qu'on fête ton avancement. Et tous les deux, dit Maria en souriant. Écoute-moi bien, Gueret. (Et, comme chaque fois qu'elle l'appelait par son nom de famille, il se figea sachant que c'était grave.) Écoute-moi bien : si tu ne viens pas avec moi tout de suite, je ne te vois plus, je ne te laisserai plus mettre un pied ni ici ni chez moi ; plus jamais, tu m'entends ? Plus jamais !

Il hocha la tête sans répondre.

Il y avait peu de monde, Dieu merci, à cette heure-là ; il était trop tôt : l'orchestre, bien sûr, deux amoureux, un couple plus âgé, deux entraîneuses – mais pas « la sienne » – plus le copain du faux dur, celui qui avait voulu épargner Gueret la deuxième fois. Celui aussi qui lui avait ôté les doigts de la gorge de l'autre. C'est celui-là qui les reconnut le premier.

— Ça alors... dit-il, vous revoilà tous les deux ?...

Il était stupéfait mais pas hostile, et les filles et les trois clients s'étaient retournés et les regardaient avec une déférence un peu inquiète. Maria fit trois pas majestueux et posa son grand sac noir sur le bar.

— Ton copain le teigneux n'est pas là ? dit-elle. C'est dommage pour lui. Décidément, Al Capone, il n'a pas de veine... : on paye à boire, ce soir. « Je » paye à boire ! Du champagne pour tout le monde, dit-elle au barman en ouvrant son sac et en posant deux billets de cinq cents francs sur le bar. Mon grand fils est nommé chef comptable à l'usine Samson.

Il y eut un instant de flottement tandis qu'elle s'installait à une table suivie de Gueret rouge vif. Une fille ricana, une autre la poussa du coude pour qu'elle se taise et à demi gêné, à demi souriant – après tout, le champagne avait l'air décidé à couler à flots –, chacun se mit à boire avec des petits toasts de remerciement pour Maria. Elle levait son verre en réponse, buvant, le remplissait, le vidait, tout ça sans un mot, et Gueret figé la regardait faire. Elle but pendant plus d'une heure ainsi, se bornant à indiquer d'un geste du menton au barman leur seau vide ou celui d'une autre table.

L'orchestre s'était mis à jouer bien sûr les airs qu'elle aimait : des airs démodés, des airs qu'on n'avait pas entendus depuis la guerre et les quelques clients survenus après coup, mis au courant par le barman et aussitôt invités du regard et de la tête par Maria, tout en se félicitant de ce champagne inattendu, jetaient des regards curieux à leur couple. Ils ne se parlaient pas. Petit à petit des fêtards également fascinés par Maria s'étaient assis à la table : le pianiste d'abord, puis l'ami du teigneux, puis enfin Lola, une entraîneuse émaciée au visage douloureux, une de ces entraîneuses sans succès et larmoyantes comme en renferment toutes les boîtes.

Ce petit monde, comme ensorcelé, contemplait Maria et Maria buvait sans rien voir. Elle aurait pu peut-être s'assommer ainsi et la soirée s'achever sans catastrophe, si la fille du premier soir, la mauvaise tête, la petite entraîneuse saoule qui avait tout déclenché n'était arrivée vers minuit ; et après quelques chuchotements du portier, n'avait cinglé vers leur table.

— Bonjour, vous revoilà enfin, avait-elle minaudé vers Maria qui ne l'avait ni regardée ni même vue et vers Gueret qui essayait, lui, de ne pas la voir.

Mais elle s'était approchée et le tirait par la manche à présent :

— Eh bien, tu ne veux plus danser, mon gros loup ? T'as pas l'air gai ce soir... Allez, viens danser !

Gueret s'était levé pour la faire taire ; et maintenant il la promenait gauchement sur la piste tandis qu'elle l'accablait de questions qu'il n'entendait pas, uniquement préoccupé du regard de Maria, lointain, brumeux qui glissait parfois sur eux sans se poser ; et ils allaient se rasseoir quand soudain sa voix éclata, brutale, à la fin d'un disque :

— Alors, la pétroleuse, disait Maria (le silence se fit dans la salle), on l'a retrouvé, son péquenot ? On est contente ? Ah si t'avais su, hein ?

La fille et Gueret revenus à la table voulaient s'asseoir mais Maria, d'un geste de la main, les arrêta :

— Restez debout, que je vous voie ! Joli couple, ma foi... Mais un chef comptable, ça n'épouse pas une pute... Dommage pour toi, ma pauvre petite...

La fille aurait voulu protester mais quelque chose dans le ton de Maria indiquait trop qu'il n'y avait pas l'ombre d'une insulte pour elle dans ce terme de « pute » et elle se tut.

— On ne te l'a pas dit ? Tu ne le sais pas ? reprit Maria devant l'air étonné de la fille. Mon grand garçon que voilà, mon Gueret, après quatre ans chez Samson… l'usine Samson, tu sais, à Carvin… Eh bien, il est nommé chef comptable… Comme je te le dis… ! Ça t'épate, hein ? dit-elle à la fille qui sentant le public ivre de champagne et de gratitude envers Maria, n'osait riposter : elle se dandinait d'un pied sur l'autre, en se tournant vers son cavalier Gueret, immobile et blanc.

— Tu ne m'avais pas dit que madame était ta mère, dit-elle avec reproche. Tu m'avait dit que c'était ta tante !

Elle avait une voix perçante et Gueret se retrouva le point de mire de dix paires d'yeux indignés ; d'autant que Maria, la voix indulgente, enchaînait :

— Eh oui… Mon garçon a honte de sa mère ! Depuis toujours, remarquez, dit-elle à l'entraîneuse triste qui lui prit aussitôt la main d'un geste compatissant. Et maintenant qu'il va passer de 3 500 à 4 300 ou de 3 300 à 4 500 – allez savoir – ajouta-t-elle avec un rire sardonique, ça va être encore pire : je ne le verrai plus…

— Mais si, voyons…

Le copain costaud, que le champagne gratuit rendait sentimental, regardait Gueret d'un air à nouveau féroce :

— Bien sûr qu'il ira la voir, sa mère, hein ? On l'aidera à y penser, à sa mère, assura-t-il fermement aux fêtards éplorés.

— De toute façon, ça ne fait pas un paquet, hé ! ho ! 4 500 francs ! fit remarquer la fille avec conviction ; mais sa voix fut couverte par le brouhaha attendri qui montait des tables alentour : « Ça, les enfants qui n'aiment pas leur mère… c'est bon pour la fosse commune… », prévoyait le chef d'orchestre à voix haute. « Moi, j'aurai tout fait dans ma garce de vie, mais je n'aurais pas renié maman… » lui jurait l'entraîneuse triste ; et même le barman hochait la tête, sa tête de petite frappe. Aussi quand Maria reprit la parole, tout le monde se tut aussitôt. Et si dans son discours de *mater dolorosa*, Maria laissa bien échapper quelques inflexions sarcastiques, personne – sauf Gueret, semblait-il – n'était plus en état de les entendre :

— Il aura sa femme, ses gosses, sa télé, sa retraite à soixante ans ; et si ça tombe, il fera assez d'économies pour s'acheter une résidence secondaire… disait-elle d'un ton admiratif. Et moi, je serai un peu seule… Mais bien heureuse pour lui ! Ça, j'ai tout fait pour lui apprendre la vie, l'honnêteté, les bons principes, quoi… Mais l'affection, ça ne s'apprend pas… C'est normal, ajouta-t-elle, couvrant les gémissements éméchés qui s'élevaient autour d'elle, c'est normal, il faut que les garçons volent de leurs propres ailes…

Et ça, il a volé haut, mon garçon, faut dire… (Et elle braquait sur Gueret, penaud, un regard tout à coup vif, amusé et féroce.)

Comme la première fois, Gueret était la tête de Turc du Bataclan. Comme la première fois, il était entouré d'hostilité, de sarcasme, mais cette fois-ci, ce n'était pas un petit gangster bronzé aux ultra-violets qui l'accablait, c'était Maria elle-même qui s'amusait à le crucifier devant tout le monde.

— Arrête, dit-il en se penchant sur la table. Arrête tout ça. Allons-nous-en, ça suffit…

Mais Maria, en ignoble comédienne, levait le bras devant son visage comme si elle craignait un coup ; il y eut un grand murmure autour d'eux, le costaud se leva de sa chaise, se mit devant Maria dans une posture héroïque digne des images d'Épinal – et de la sentimentalité des « milieux » de province et d'ailleurs ! « Il n'est pas méchant mais c'est qu'il est si violent… » dit la voix de Maria, une voix douce et plaintive mais que Gueret savait follement amusée. Alors soudain, il tourna les talons, passa d'un bond entre les clients stupéfaits, escalada les marches et sortit en claquant la porte. Il s'y appuya ensuite et respira longuement, difficilement. Il avait mal à la tête ; il lui semblait entendre encore le tamtam de l'orchestre et la voix de Maria, implacable et méprisante. Il marchait en parlant haut et en jurant à chaque pas mais il finit quand même par se retrouver rue des Hongrois, à la porte comme un crétin puisque seule Maria avait la clé. Il se réfugia tristement au café du coin, miraculeusement ouvert à cette heure-là : il allait l'attendre. Il allait l'attendre car il n'avait strictement rien d'autre à faire qu'à l'attendre ; et il priait le ciel qu'elle lui pardonnât la soirée affreuse qu'elle venait de lui faire passer.

Gueret attendit longtemps dans ce café miteux, tenu ouvert sans raison apparente jusqu'à l'aube par un Nord-Africain somnolent. Gueret finit par s'assoupir un peu lui aussi, pas longtemps mais suffisamment pour que le taxi qui ramenait Maria ait le temps de la déposer devant le porche, et elle le temps de s'y engouffrer avant que Gueret ait pu payer son verre et la rejoindre. Elle avait refermé la porte et il tapa doucement une fois ou deux, à cause des voisins, avant de s'énerver et de taper plus violemment. En vain.

Maria était assise dans le salon, ses chaussures posées à côté d'elle sur le canapé, une bouteille de whisky à la main, immobile, ivre morte et lucide. Elle entendait Gueret taper à la porte, elle l'entendait appeler « Maria ! Maria ! » sans que son visage ne bougeât. Elle ne broncha pas plus quand ayant escaladé le petit mur et piétiné le jardinet toujours inculte devant la fenêtre, Gueret se fut accroupi jusqu'au store à demi fermé. Et là, ne la voyant pas mais la devinant assise à quelques mètres de lui, il chuchotait, il chuchotait frénétiquement : « Ouvre-moi, Maria, ouvre-moi, c'est moi… Il faut que je te parle… Je ne serai pas chef comptable… On ira au Congo quand tu veux, bien sûr, mais parle-moi, Maria… Ouvre. »

Elle restait immobile sous le lustre rond en verre biseauté, à la lumière blafarde et crue. Seule sa main bougeait pour remplir son verre ; elle ne sembla même pas, juste avant l'aube, entendre Gueret lui dire encore d'une voix à présent suppliante et jeune, une voix enfantine : « Maria, ouvre-moi… Ne me laisse pas là !… Je ne sais plus ce que je ferai si on ne peut plus se voir… Qui me parlera ? Qui m'écoutera ? Maria, je t'en prie, Maria, je ne veux plus être seul : ouvre… » Jusqu'au matin.

Et ce matin-là quand le soleil se fut levé sur Lille il dut lutter avec la lumière toujours allumée dans le salon 1930. La bouteille était vide, Maria avait les yeux clos et Gueret, allongé sur la terre devant la fenêtre toujours fermée, dormait.

Glissant à travers les stores, jaune et jaloux, le soleil vint frapper le visage ravagé de Maria, toucha ses paupières. Elle ouvrit les yeux, jeta un coup d'œil autour d'elle, fixa son regard sur la porte-fenêtre. Elle referma les yeux une minute puis se leva pesamment et les pieds nus alla jusqu'à la porte où s'appuyait le corps de Gueret. Elle la tira d'un coup et Gueret heurta le chambranle de la tête, ouvrit les yeux et la vit. Ils se regardèrent, pâles, défaits, solitaires. Maria se pencha vers l'homme à l'œil inerte qui la contemplait et lui dit :

— Mais enfin, je n'ai pas rêvé… ? Tu lui as filé dix-sept coups de couteau dans le ventre à ce type, non ? Dix-sept !

Il ne répondit pas.

— Alors, tu te pousses, l'objecteur ?

Gueret recula, pour la troisième fois consécutive, afin de laisser la place à un de ses collègues. C'était devenu un jeu chez Samson de passer la porte devant lui, de la rabattre sur son nez, de siffler sans répondre quand il posait une question. « L'objecteur » faisait sans doute allusion aux objecteurs de conscience ; personne ne savait d'où ce terme était sorti, mais il avait son succès. L'objecteur, c'était Gueret qui refusait de faire la guerre aux patrons avec tout le monde, qui refusait de se battre pour la patrie, le peuple et le pain quotidien, Gueret qui pour des raisons inconnues – en tout cas honteuses et irrecevables pour ses pairs – avait « refusé un avancement ». Cela faisait dix jours que cela durait, et il en venait à regretter Mauchant, et sa haine, et ses injustices. Rien n'était pire que le mépris railleur de ses collègues toute la journée – si ce n'était le mépris sombre de Maria, le soir.

Elle le voyait à peine, elle ne lui parlait pas. Il n'avait pas osé ressortir les plans et les cartes, et il restait, le soir assis à la table, le cœur battant, essayant de se décider à se lever et les sortir du tiroir ; mais toujours, à l'instant où il allait le faire, Maria avait un geste ou un regard empli d'une telle indifférence à son égard qu'il le clouait sur place.

Le chien lui-même n'allait plus l'attendre à l'usine, ne le fêtait plus à son arrivée ; il restait tapi dans les pieds de Maria, dédaigneux lui aussi, semblait-il, préférant apparemment quelques coups de balai d'elle à ses caresses à lui. Gueret avait lu quelque part que la peur avait une odeur ; peut-être était-ce vrai, et peut-être le chien la flairait-il sur lui ? Le soir, en se déshabillant, seul dans sa chambre triste, Gueret respirait ses bras, ses épaules d'un air soupçonneux. Mais ce n'était pas la peur qu'il reconnaissait sur sa peau, c'était la honte ; honte toute la journée d'avoir refusé ce maudit poste, honte toute la soirée d'avoir voulu l'accepter. D'ailleurs, même imperceptible à l'odorat, cette honte devait se voir à l'œil nu, puisque Nicole elle-même lorsqu'il lui adressa la parole un jour, l'envoya au diable :

— Tiens, Monsieur Gueret veut bien parler aux employés…, s'étonna-t-elle en ricanant. Monsieur Gueret doit être riche, il attend un héritage, à ce qu'on dit…

Elle le regardait avec haine, et Gueret stupéfait cherchait dans cette volaille hérissée d'une rogne stupide la jeune fille gauche – et douce après tout – qu'il avait cru connaître.

Il faisait beau, en plus. Épouvantablement beau. Et lorsque une semaine après la « fête », Maria le quitta pour deux jours, l'air mystérieux, Gueret se sentit soulagé pour une fois : l'idée de se retrouver à Lille, sous cette chaleur et dans cet appartement qu'il s'était pris à haïr, l'épouvantait. Il passa le samedi et le dimanche aux Glycines sur une chaise de paille devant la porte, à se bronzer. Il s'était installé, en maillot de corps, et de temps en temps, lâchant *L'Équipe* ou un de ces livres sur le Sénégal qu'il avait achetés avant la catastrophe, Gueret sifflait le chien, disparu lui aussi. Tout le monde était parti à la mer, ce week-end-là semblait-il ; il ne restait que lui dans cette banlieue, assis sur sa chaise comme un plouc qu'il était, à laisser le soleil dessiner des bronzages disgracieux sur son torse et à siffler un chien qui ne venait pas. Et Gueret trouvait un certain soulagement, un certain plaisir même, à s'enfoncer dans son malheur.

Seulement, le dimanche fut plus difficile. Vers huit heures du soir il commença à attendre Maria. Il regardait la télévision, l'éteignait, la rallumait selon qu'il croyait entendre ou non des pas sur le chemin. À une heure, les programmes étant clos et craignant qu'elle ne s'énerve à le trouver là, il alla se coucher en laissant ses volets ouverts. Il resta éveillé jusqu'à l'aube. Car c'est à l'aube qu'elle rentra en voiture avec un type à l'accent bizarre. Gueret n'osa pas se mettre à la fenêtre, elle aurait pu le voir et ainsi découvrir sa surveillance ou plutôt ce qu'il devait appeler honteusement : sa jalousie.

Il zigzaguait le lendemain matin, sur son engin à vapeur, quand il croisa le chien sur la route, l'air gai, un bout de ficelle coupée au collier. Gueret voulut s'arrêter – comme pour dire bonjour à un ami retrouvé – mais il buta sur une pierre et partit en vol plané. Il se retrouva dans la poussière, avec sa manche prise dans la roue voilée et ce chien stupide gambadant autour de lui. Il l'injuria et reprit son chemin à pied, laissant la moto là. Personne n'irait la lui faucher dans cet état. Et dire que c'était son seul jouet !...

Le chien fit d'abord la fête à Maria avant de chercher son assiette, mais l'ayant trouvée vide, il regarda Maria fixement jusqu'à ce qu'elle comprenne. Il aimait Maria pour son calme et sa sévérité. En ce moment même, elle lui disait : « Alors, voyou, qu'est-ce que tu bouffes... Où as-tu été ces jours-ci ? Tu as gardé le grand comptable ou tu as été te balader comme moi, hein ? »

Il l'écoutait en remuant la queue, attentif, car il savait que ce discours serait sans doute le dernier de la journée : elle ne lui parlait qu'une fois par jour, se rappelait-il dans sa mémoire de chien. Et effectivement, elle l'avait oublié quatre heures plus tard quand Féreol tapa à la porte.

Féreol – Dominique de son prénom – était l'un des derniers fermiers du coin qui s'obstinât à garder sa ferme en marche. Il avait cinquante ans ou soixante-dix – impossibles à compter sur son visage défait par l'alcool, visage demeuré sec, mais creusé de sillons amers. Maria le regardait avec mépris et animosité. Elle se rappelait, dix ans plus tôt, à peine arrivée de Marseille, avoir passé la nuit avec lui pour quelques francs qui lui étaient alors indispensables. Elle en avait gardé, malgré sa propre dureté, un souvenir pénible : « plus que pénible », pensa-t-elle en le regardant sourire, l'œil sale et mauvais.

— Qu'est-ce que tu veux ? dit-elle d'une voix plate et tranquille qui calma une seconde Féreol.

Il avait cru lui faire peur, ça ne marchait pas, et il faillit battre en retraite avant de se rappeler, dans sa mémoire obscurcie, le motif de sa visite.

— Je veux Pacha, dit-il, en montrant le chien du menton.

Le chien s'était retiré littéralement sous la cuisinière ; il tremblait, il montrait les dents sans émettre aucun son et sa peur effraya presque

Maria par son intensité, la troubla. Féreol le sentit :

— Parce que ce chien-là, cette saloperie de chien, il est à moi, ma belle… enfin, « ma belle »… (et il se mit à ricaner), « ma belle », je parle du temps passé… je peux te dire « ma vieille » plutôt, maintenant, comme moi.

— Tu ne peux rien me dire du tout, dit Maria. Pourquoi est-ce qu'il ne reste pas chez toi, ton chien ?

— Parce qu'il est vicieux, dit Féreol, et les chiens vicieux, ça veut des maîtres vicieux, c'est pour ça.

Il ricanait de plus belle lorsqu'il vit la main de Maria avancer lentement vers lui, une main refermée sur un couteau de cuisine et comme indépendant de sa volonté – car elle continuait à le regarder dans les yeux, sans bouger. La main était très lente mais très précise ; elle allait droit vers le cou de Féreol qui recula d'un pas.

— Qu'est-ce… qu'est-ce que tu ?… (Il bafouillait.)

— Qu'est-ce que tu disais, salaud ? Continue.

Féreol reculait pas à pas dans le jardin :

— Je parlais de ton locataire, bien sûr, dit-il très vite. Le grand schnock, l'objecteur, tu sais… ? Je ne parlais pas de toi. Tu n'aimes que les types plus malins, toi, les vrais, pas les vicieux, hein ?…

Il reprenait courage à trois mètres ; il se dandinait et elle le regardait avec dégoût.

— Tu diras à ton type... se mit-il tout à coup à hurler, tu diras à ton locataire à la noix qu'il ramène mon chien, à six heures. S'il n'est pas là au quart, moi je vais le chercher, mon chien, avec mon fusil... Et s'il ne vient pas, eh bien, il restera chez vous pour de bon et je te l'offrirai comme descente de lit, dit-il en riant de bon cœur tandis qu'elle refermait la porte à son nez et mettait le verrou malgré elle.

Elle regardait le chien toujours terré sous la cuisinière et à la fin, elle lui dit : « Ne t'inquiète pas, mon vieux, ça va s'arranger. » C'était la seconde fois de la journée qu'elle lui parlait, remarqua le chien malgré sa terreur. Il y en eut même une troisième quand elle ajouta une demi-heure plus tard : « Décidément, tu es bien tombé, toi... », en tapotant d'un doigt distant l'espace entre ses deux oreilles.

Gueret restait hébété, ne semblait pas comprendre ce qu'elle lui disait. « Il est bête ! Voilà ce qu'il a : il est bête », pensa-t-elle soudain. « Il en a vraiment l'air en ce moment. Il est minable et bête... » Cela lui fit hausser le ton de fureur :

— Je répète, dit-elle de sa voix froide : le nommé Féreol est venu chercher Pacha, son clebs, son chien... enfin, ton chien. Alors, comme il l'a demandé poliment, en hurlant qu'il allait venir avec son fusil au quart de six heures, tu vas prendre cette ficelle, mettre le chien au bout et ramener tout ça bien gentiment au propriétaire. Tu lui demanderas s'il ne veut pas un peu d'argent pour tous les services qu'a rendus son chien dans la maison, tu lui diras : « Merci beaucoup, monsieur Féreol », et tu partiras en lui laissant son chien. Tu as compris, Gueret ?

Il ne semblait pas du tout avoir compris. Il regardait le chien, Maria, le chien de nouveau avec des yeux vides, ensommeillés presque, dont elle s'étonna.

— Tu dors… ? commença-t-elle.

Mais déjà Gueret s'était retourné, avait passé la porte et d'un pas rapide, décidé, très différent de son pas habituel cinglait à travers le terrain vague vers la ligne de peupliers qui à cinq cents mètres dissimulait la légère combe et la ferme de Féreol. Maria le suivit des yeux une bonne minute avant de crier trop tard : « Gueret !… Le chien !… Tu as oublié le chien !… » Mais il était trop loin pour l'entendre.

Ce n'était pas la décision qui scandait le pas de Gueret à cette heure-là sur la route poussiéreuse ; il ne savait absolument pas ce qu'il allait dire ; à qui ; ni qui était ce Féreol sinistre. Seulement il était tout à coup soulevé par un sentiment de révolte, d'injustice bien plus violent que ne l'aurait été toute colère. Après tout il s'appelait Gueret, il était bon bougre, bon comptable, bon type ; et en l'espace d'une semaine, il venait de perdre ses copains, sa femme, sa moto ; et maintenant on voulait lui piquer son chien… ? Ça faisait trop !

Il ne savait pas à qui le dire, mais il lui semblait qu'une justice abstraite attendait quelque part qu'il vienne se plaindre. Et qu'elle en conviendrait avec lui : « Tu as raison. En effet, c'est trop. » Faute d'autre juge, il volait droit chez Féreol, ignorant encore s'il allait lui casser – ou se faire casser – la gueule ou si effectivement, comme disait Maria, il allait s'excuser et lui offrir de l'argent pour acheter son chien. Ce n'était pas que Pacha soit si beau ni si marrant ni même si tendre (il lui préférait visiblement Maria à lui qui pourtant l'avait introduit chez elle). Ce chien n'était pas beau, il ne savait pas chasser, il n'avait aucun intérêt pour un homme comme Gueret. « Mais, après tout, c'est mon chien, songeait-il confusément. Et si, même mon chien… ! »

Il avait fini le bout du chemin qui rejoignait la route et il s'arrêta un instant sur le versant ensoleillé, un peu en surplomb de la ferme. Elle était curieusement disposée en L, à cent mètres en dessous de lui, et il fut du coup le premier à voir le corps étendu par terre, près de la grange à gauche, un corps d'homme qui se tortillait sur le sol « d'une manière obscène », pensa-t-il une seconde avant qu'une voix de femme à droite ne hurle. Jaillie de la cuisine, la fermière se précipitait dans la cour, suivie tout à coup de trois, quatre personnes mystérieusement averties en même temps qu'elle ; elle tombait à genoux aux pieds de la forme bizarre, et c'est seulement alors que Gueret réalisa que c'était sur une fourche que se contorsionnait cette silhouette frénétique. Le type avait dû tomber de l'appentis plein de foin frais qu'il voyait à présent en se penchant ; et il était mal tombé.

Les gens restèrent assemblés autour de lui des heures, sembla-t-il à Gueret, avant que l'un d'eux ne se décide à sauter sur son solex et à foncer vers le prochain téléphone. Le motocycliste passa près de Gueret immobile. C'était un type roux, aux yeux exorbités, que Gueret n'avait jamais vu. « Il faut aller appeler l'ambulance ! » lui cria-t-il bêtement, comme s'il avait été, lui, à pied, et Gueret à moto. « Féreol s'est filé une fourche dans le cou et l'autre dans le caisson ! Ça saigne… » Ayant rempli son devoir de héraut public, il disparut au coin de la route, visiblement ravi de sa mission. Gueret le vit obliquer vers le centre et se rappela que les Ambulances municipales n'étaient pas loin. Il se sentait décontenancé, désemparé par ce spectacle cruel. Il ne savait plus que faire de lui-même, toute révolte tombée. En tout cas, pensa-t-il, Féreol ne viendrait pas prendre son chien ce soir-là, ni les autres. Il en aurait pour un bout de temps à l'hôpital, à en juger par ces affreux soubresauts qui s'espaçaient déjà là-bas près de la porte… Et soudain dégoûté, imaginant ce que devait être le froid de cette fourche dans sa propre chair, Gueret s'assit sur le talus et alluma une cigarette. « Les ambulances valent mieux que leur réputation… », songea-t-il à sa dernière bouffée, lorsque l'ambulance, toutes sirènes dehors, passa devant lui. Il vit les infirmiers descendre mais ne voulut pas voir ce qu'ils allaient faire de cet homme empalé sur son outil.

Il revint à pas lents, sensible tout à coup à la douceur du soir, au mouvement des blés sous la brise et à l'éclat mat et brillant des terrils hérissés de mica. Il se sentait bien, pour la première fois depuis dix jours. Il avait l'impression stupide mais forte, qu'on l'avait « entendu » quelque part, et que justice lui avait été rendue – cruellement, bien sûr, mais rendue. En fait, s'il réfléchissait, le hasard l'avait juste délivré d'un emmerdement… Mais quelqu'un en lui se redressait et roulait des épaules, comme si le destin s'était enfin prononcé pour lui.

Maria, de sa fenêtre, vit cette démarche et s'immobilisa. Gueret la vit à cette fenêtre mais ne s'arrêta pas. Il ralentit à peine le pas pour prendre une cigarette dans sa poche, l'allumer et jeter l'allumette derrière son épaule, « comme Humphrey Bogart », se rappela-t-il. Il ne ralentit pas plus quand le chien, sautant par la fenêtre, courut à sa rencontre et jappa en mordillant ses mains et son pantalon par excès de bonheur. Il le repoussa doucement et aspira une grande bouffée de fumée (que pour la première fois il rejeta sans encombre par le nez) avant d'arriver devant la femme immobile.

— Tu prends le frais ? dit-il. C'est joli à cette heure-ci, non ?... Tu veux une cigarette ?...

Il lui tendait son paquet de cigarettes serré dans sa main, au lieu de lui en sortir une, comme d'habitude ; et elle dut l'extraire, non sans mal, avec ses ongles. Il mit dix secondes à la lui allumer d'un geste un peu las. Il ne parlait pas, il regardait les champs l'air en effet admiratif. Maria mit les pouces la première :

— Et pour le chien, dit-elle, qu'est-ce que t'a dit Féreol ? Tu l'as vu, Féreol ?

— Oui, je l'ai vu, dit Gueret en bâillant un peu. Il n'a rien dit. Et je ne crois pas qu'il dise grand-chose avant un moment, ajouta-t-il sans mentir.

L'ambulance repartait à présent, et le hurlement de sa sirène semblait voler sur les blés et venir rebondir exprès contre la vitre de Maria. Elle se figea un peu plus et tendit vers le profil de Gueret un regard agrandi et curieusement doux.

— Qu'est-ce que c'est que ça ? dit-elle. Tu entends ?

« Elle a une voix de jeune fille », remarqua Gueret avant de répondre, tout en lui tournant le dos pour grimper l'escalier :

— Ça, c'est Féreol qui va à l'hôpital.

Gueret était allongé dans le noir, les yeux ouverts, et par le carré sombre de la fenêtre, le vent du soir, le vent de l'été passait et séchait les fines gouttes de sueur sur son front et sur son cou. Maria dormait. Elle lui avait parlé longuement cette nuit-là et, pour la première fois peut-être, comme à un égal. Gueret, oubliant que cette égalité nouvelle était due à sa cruauté supposée, s'était senti plus qu'intéressé : révolté par le récit pourtant ironique qu'elle lui avait fait de sa vie. Elle avait aimé un type, à Marseille, un dur, enfin un type qui jouait au dur, un riche mac qui l'avait promenée à son bras des années durant comme sa femme légitime, et qui, à l'occasion d'un casse manqué, s'était allongé devant les flics, avait livré les autres et accablé Maria. On l'avait interdite de séjour à Marseille à ce moment-là. Gilbert, l'homme qui s'occupait des bijoux, avait été l'un des lieutenants de René, ce René qu'elle lui avait cité parfois – il se le rappelait à présent – comme un exemple. Pour mentir au sujet de cet homme, il avait fallu que Maria en souffre drôlement, pensait Gueret attendri, il fallait qu'il l'ait drôlement dupée, se répétait-il, oubliant que c'était grâce à une duperie que lui aussi était là. Ce dernier point mis à part, il n'avait rien à voir avec René. Maria avait plus de cinquante ans, il ne pouvait déjà pas se passer d'elle. S'il l'avait connue à trente ans, elle ne l'aurait pas regardé, ou elle l'aurait fait souffrir de mille morts. Contrairement à ce que croyait Maria, c'était bien le moindre des regrets de Gueret que de l'avoir connue à cet âge. Au moins elle n'avait que lui, tout comme il n'avait qu'elle.

Après son récit, mi-dégoûté, mi-amusé, Maria avait dit : « Il est tard, il faut dormir, mon vieux. Bonne nuit. » Et elle s'était tournée vers le mur. Ce n'est que cinq minutes plus tard que Gueret, le cœur battant, avait osé s'avancer vers ce corps inerte dans le lit, un corps qui serait, il le savait, agacé par le sien. Mais ça lui était égal ; ce corps chaud, ce visage détourné, presque choqué, cette voix brève, excédée, et à la fin impérative, cette voix qui lui ordonnait de se dépêcher et d'en finir, cette voix, pour lui, mettait un terme, en effet, à des années de solitude, de gêne et de méfiance. En ce moment précis, allongé près de cette étrangère endormie, Gueret se sentait déchargé de sa solitude. Il se sentait justifié, et il lui faudrait faire encore bien des choses pour garder cette femme, l'installer au Sénégal et lui assurer une vieillesse heureuse. Il s'en sentait parfaitement responsable, à présent qu'elle l'avait laissé revenir dans son lit. Et même le souvenir des férocités de ces quinze derniers jours, le souvenir de ses mépris écrasants le faisait sourire dans l'ombre comme autant d'enfantillages pardonnables chez une jeune femme gâtée.

Il dormit peu et partit d'un pas gaillard vers l'usine Samson. Par la fenêtre, son admirateur le petit stagiaire, que les derniers événements avaient atterré, vit Gueret arriver de son nouveau pas. Les yeux brillants d'excitation, il se replongea sur ses copies, attendant la suite. Il était huit heures et dix minutes bien sonnées quand Gueret entra dans le bureau de la comptabilité et Mayeux, qui avait pris son fameux poste, n'eut pas le temps d'établir un parallèle entre la pendule et l'arrivée de Gueret. « Foutez-moi la paix, hein ? Il fait beau », articula Gueret d'une voix claire que l'on croyait perdue depuis quinze jours. Et à midi, Louviers et Faucheux qui avaient voulu recommencer leurs gags de priorité à la porte de la cantine se virent refoulés d'un bras souverain : Gueret passa le premier. Le vent tourna, et au lieu d'attribuer sa conduite à une médiocrité infamante, on commença à l'attribuer à des mystères mirifiques. En rentrant, Gueret porta sa moto à réparer : c'est ainsi qu'il se retrouva à nouveau, et d'un jour à l'autre, à la tête d'une femme, d'un chien, d'amis, de compagnons de travail, d'un engin de transport. Et surtout de sa propre considération.

L'été alors éclata pour de bon, et Gueret y connut les plus beaux jours de sa vie. Il rentrait le soir, les yeux brillants, il disait à Maria : « Tu en étais restée au jour où Albert a voulu liquider le gang des Corses, et toi, tu étais à Théoule… » Maria souriait, indécise, disait : « Toi alors… Ça t'intéresse cette histoire ?… Tu ferais mieux de… » Elle s'arrêtait, elle n'insistait plus pour qu'il aille voir les filles de son âge, elle n'insistait plus pour qu'il retrouve ses copains au café, elle semblait résignée à l'avoir à demeure, dépendant d'elle, affectueux et soumis, au même titre que le chien. Alors elle enchaînait, elle dévidait l'écheveau de sa mémoire, elle mimait involontairement certaines scènes, elle riait en y pensant, elle avait l'air d'avoir vingt ans, trente ans… et le port de Marseille à ses pieds ; Gueret, fasciné, l'écoutait et la regardait. Ils dînaient fort tard, à la nuit tombée, et autour d'eux, dans la campagne plate, toutes les lumières étaient déjà éteintes quand le bras nu de Gueret allait en tâtonnant vers l'interrupteur de la chambre aux râteaux.

C'était dans le journal qui entourait la salade – un journal de la veille ; Maria fut d'abord frappée par le mot « Carvin », puis, presque aussitôt, le mot « bijoux » lui sauta aux yeux. Elle défroissa lentement le papier, le lissa plusieurs fois de la main avant de commencer la lecture de l'article. Quand elle l'eut fini, son visage ne bougeait pas, ne reflétait aucune surprise, et même le chien, pourtant extraordinairement sensible à ses humeurs, ne sentit pas que c'était à la fin d'une histoire qu'il assistait ; à la fin de leur histoire à eux trois : Maria, Gueret et lui le chien.

« Le meurtrier du bijoutier poignardé à Carvin continue à nier le vol. On n'a retrouvé nulle trace jusqu'ici des bijoux, etc., etc. » L'article expédiait rapidement cette histoire banale (qui, après deux mois, n'intéressait plus personne) et tentait d'y adapter un scénario bien embrouillé : Le nommé Baudoint, personnage louche – et l'acheteur, en ce cas – se serait violemment disputé avec le courtier dans sa voiture ; à tel point que ce dernier effrayé avait pris la fuite à travers champs vers un canal dont le sinistre Baudoint ne se rappelait même plus l'emplacement ; il avouait l'avoir rejoint là et assassiné, mais par colère et non par cupidité. On ne retrouvait pas d'ailleurs la moindre trace de son butin. Enfin, le corps du courtier avait été traîné pendant dix kilomètres par une ancre de péniche jusqu'au village de Carvin. Bien entendu, le coupable, toujours interrogé, niait et refusait d'indiquer sa cachette.

Sans cette laitue, Maria aurait bien pu ne pas lire ces articles, ignorer tout, continuer à vivre ainsi ; et elle s'aperçut en même temps et de cette possibilité et du déchirement qu'en lui traversant l'esprit elle lui causait. C'est plus par conformisme que par stupeur qu'elle s'assit pesamment près de la table de la cuisine, et plus par souci des rites et du cérémonial que par émotion, qu'elle avala deux verres de martini bianco. Elle l'avait toujours su…, se disait-elle, avec une gaieté amère, elle avait toujours su que ce Gueret n'avait rien dans le ventre. Comme à contrecœur, elle monta dans la chambre vérifier l'existence de ces beaux bijoux. Ils étaient resplendissants mais soudain déplacés dans sa maison minable ; ces pierres orgueilleuses, privées de leurs éclats de sang, semblaient fades, en toc, d'une certaine façon, bien qu'indéniablement vraies. Et Maria qui les maniait jusqu'à présent avec un respect instinctif, se surprit à les faire sauter dans sa main, de plus en plus haut, de plus en plus vite, souriant de leur légèreté, puis riant, plus fort encore, plus haut, jusqu'à ce qu'enfin, les ayant jetées au plafond, elle se retourne et refranchisse la porte sans les rattraper. Et le bruit sec de quelque chose qui rebondissait et ne se cassait pas sur le plancher derrière elle, ne parut pas l'intéresser.

Elle resta un long moment sur le pas de la porte, prenant en plein visage les derniers rayons du soleil – des rayons obliques, brûlants, inutiles et sous lesquels les douze fleurs épuisées et sales arrachées à ce sol dur par ses soins et ceux de Gueret semblaient tendre la tête, dans un plaisir aussi médiocre que vivace.

Gueret reparut à son heure habituelle, avec son sifflement habituel, sa tête habituelle. Maria lui tournait le dos quand il entra, elle remuait quelque chose dans une casserole et il s'exclama : « Ça sent bon ! » de sa voix gaie habituelle avant de s'asseoir et d'allonger les jambes sous sa chaise habituelle. Maria n'avait pas répondu à ce coup de clairon ; et, songeur, il regardait ce dos familier et rassurant, cette mèche encore fauve près de la nuque, ces mains précises. Le chien, les yeux mi-clos, les contemplait l'un après l'autre avec approbation.

— Alors ? dit Gueret après quelques instants de silence, alors, qu'est-ce qui s'est passé aujourd'hui ? Et qu'est-ce qu'on mange, d'abord ?

— Je fais un potage de cresson, dit Maria en se retournant vers lui et en lui offrant un visage paisible, comme assoupi.

« Son visage de poisson-chat », comme il lui disait en plaisantant. Ce nom évoquait pour lui à la fois un visage fermé (le visage absent, muet, d'un animal sous-marin, un animal appartenant à un autre élément), et le visage fendu et comme masqué de ce regard vigilant et mystérieux des chats, ce mystère qui rendait plus clairs les yeux de Maria. Elle ressemblait follement alors, à une gravure illustrant un livre du jeune « Gueret, Roger », alors en huitième à Arras, un livre sur les espèces animales.

Il aimait et craignait à la fois ce visage chez Maria : c'était un visage qui précédait des choses inattendues. Et tout événement, toute nouveauté susceptible de détruire ce qui était maintenant pour lui le bonheur, lui faisait horreur. Aussi répéta-t-il : « Qu'est-ce qui s'est passé aujourd'hui ? » d'une voix plus brutale, qui sembla réveiller Maria, la sortir d'un rêve dont visiblement il ne faisait pas partie. Elle ouvrit la bouche, quitta sa tête d'énigme, parut sur le point de crier tout à coup, de se mettre à pleurer ou de le mordre. Elle se maîtrisa avec, vers lui, une expression si féroce et suppliante à la fois que Gueret recula sa chaise et se leva. Il fit un pas vers elle et mit la main sur ses épaules, d'un air protecteur tout à fait nouveau entre eux.

— Quelqu'un t'a fait du mal ? demanda-t-il à voix basse. Est-ce que quelqu'un t'a manqué ?

Et elle secoua la tête négativement deux fois, sans répondre, avant de lui échapper et de partir vers l'escalier. Il restait dans la cuisine, les bras ballants, décontenancé... Ce n'est qu'arrivée en haut qu'elle lui cria : « Tout va bien ! J'ai eu comme un vertige tout à l'heure : c'est la chaleur... »

Et Gueret fut rassuré aussitôt ; tant il voulait l'être, tant il s'acharnait à l'être, obstinément, depuis neuf longues semaines, celles qui avaient succédé à la découverte du trésor au pied du terril.

D'ailleurs, Maria redescendit en pleine forme cinq minutes plus tard, bien peignée, rose et pour la première fois il remarqua le léger maquillage – dont elle usait pourtant depuis dix jours. Un peu plus tôt, il avait eu peur d'elle un instant, et il se le reprochait ; cette femme était son alliée à présent, son amie, sa « bonne amie », tout autant que sa complice. Ce n'était plus par hasard, par énervement ou par nécessité qu'ils vivaient ensemble, c'était par goût à présent : un goût qui devenait lentement ce que Gueret aimait plus que tout au monde : c'est-à-dire une habitude. Et Maria, de fait, le regardait manger, couper sa viande, boire, avec une sorte de satisfaction évidente, comme si elle l'eût élevé dès sa naissance et fût satisfaite de ses bonnes manières à table. « Elle a un vrai regard de mère », songeait-il, un peu agacé néanmoins ; car les remous de certains souvenirs nocturnes ne le lâchaient pas si facilement…

C'est d'ailleurs de son enfance qu'il lui parla au dessert, pour la première fois, sur sa demande à elle. Jusque-là, elle n'avait semblé considérer son existence passée, à lui Gueret, que comme les enchaînements d'une vie médiocre ; elle avait semblé être déjà au courant – et déjà fatiguée de l'être – de tout ce qu'avait été la brève et lente vie de Gueret : des parents énervés ou accablés, la gêne, les études moyennes, le BEPC, les ambitions déçues, la mort de ces dits parents, le service militaire, les putains, le premier amour, l'école de comptabilité, le stage chez Samson, etc. Et Gueret avait admis fort bien, et très vite, que sa vie à lui n'avait été que ce défilé terne et confus, ce magma sans aucun charme – surtout si on lui comparait la valse amoureuse et aventureuse de son passé à elle. À vrai dire, bien que le meurtre, ce fût lui, il était complètement persuadé que l'aventure, c'était elle.

Et voilà qu'aujourd'hui Maria, pensive, lui demandait : « Tu étais comment, toi, quand tu étais môme ?… Vers quinze ans, je veux dire ?

Tu étais le genre bon fils ou voyou ? Raconte un peu ! » Et le premier étonnement passé, Gueret se surprenait à raconter, avec délices, les plats débuts de sa vie plate ; et il la surprenait, elle, à l'écouter passionnément.

Et il surprenait l'horloge à tourner à toute vitesse, et minuit à sonner au moment précis où il terminait l'éducation de « Pinpin » ; Pinpin, minuscule lapin orphelin, qu'il avait nourri au biberon pendant des semaines et victorieusement mené à l'âge adulte : Pinpin avait été le premier triomphe de Gueret à treize ans sur un environnement hostile, sur des parents indifférents et sur des camarades de classe moqueurs ou cruels… Ce Pinpin avait le poil beige et doux des lapereaux de Walt Disney… Les yeux de Gueret brillaient en racontant l'étonnant, le miraculeux sauvetage de Pinpin et il sursauta quand dans son enthousiasme il fit tomber les couverts qu'elle n'avait pas encore ôtés – tant elle suivait son récit ! En se penchant pour les ramasser, Gueret heurta de l'index la lame du couteau et cette fugitive brûlure le réveilla, le ramena à la réalité, c'est-à-dire au mensonge. Il releva, de sous la table un visage amusé, et surpris à la fois…

— C'est marrant, dit-il en reposant soigneusement fourchette et couteau sur la table – enfin c'est bizarre comme mélange non, les gens ? Quand tu penses que je n'ai pas hésité, avec le courtier : « clac-clac-clac », fit-il énergiquement, et qu'à treize ans je pleurnichais sur un lapin… C'est marrant, non ?

— Oui, dit-elle, sans paraître ni avoir même remarqué ce changement de ton ni cette désinvolture, cruelle après tout ce flot sentimental. Oui, acquiesça-t-elle, c'est marrant.

Elle avait les yeux baissés et il la regardait, un peu honteux de s'être livré à l'évocation de Pinpin, assez content d'avoir ramené à temps le courtier, indécis sur la marche à suivre pour l'intéresser encore : il n'avait jamais obtenu d'elle une attention aussi longue ni aussi soutenue. C'était à elle maintenant, de donner le *la* à leur conversation. Maria dut le sentir car elle souleva les paupières, très vite, et lui décocha un regard souriant, affable avant de les baisser à nouveau. Elle prit une cigarette du paquet de Gueret et pour une fois attendit avec une passivité très féminine qu'il lui tende son briquet – au lieu de chercher autour d'elle une allumette d'une main exaspérée.

— Et pour ton poste de chef comptable ?… dit-elle tout à coup.

Gueret sursauta, puis se tassa sur sa chaise. Maria insistait :

— Qu'est-ce que tu leur as dit aux types, chez Samson ?… Au directeur, je veux dire ?… Tu as refusé, en disant quoi ?

— J'ai dit que je ne m'en sentais pas capable, avoua Gueret, rougissant à ce souvenir, d'un coup.

Car c'était une des hontes les plus vives qu'il eût subies dans sa vie, une honte bien plus grande que celle d'être maltraité par un vendeur de mobylettes ou rossé par des caïds de province : la honte de se déclarer, lui-même, incapable de faire son métier. Mais cela, il n'était pas question d'en parler à Maria : puisque pour elle la honte consistait, justement, à être capable de le faire. Aussi s'arrêta-t-il là.

— Je vois... dit-elle (sans rien voir du tout, pensa Gueret). Je vois... Ça n'a pas dû plaire !... Tu avais tellement la trouille que j'aille tout leur dire ? Tu pensais vraiment que j'allais venir leur parlicoter de ton meurtre ? Tu avais peur d'être pendu ? ou guillotiné ?

— Eh bien... dit-il, ouvrant les mains et en haussant les épaules, l'air niais et capon, eh bien, mets-toi à ma place... Je ne dis pas que tu l'aurais fait mais tu étais tellement en colère !

Elle lui décocha de nouveau ce regard trop rapide, écrasa sa cigarette à peine commencée et soupira profondément, comme accablée. L'idée qu'elle puisse avoir quelque regret de lui avoir fait si peur traversa l'esprit de Gueret ; et cette idée lui parut en même temps si saugrenue qu'il se mit à rire.

— Pourquoi ris-tu ? demanda-t-elle sans paraître attendre une réponse.

Et elle se leva, alla jusqu'à la fenêtre ouverte, poussa les volets brusquement. La nuit était sombre dehors – fraîche mais sombre – et Maria semblait la respirer avec soulagement. Il n'y avait pas, pourtant, tant de fumée dans la cuisine... « Elle doit s'ennuyer à nouveau, pensa-t-il. Cette histoire de lapin, d'enfance, quand on a eu un passé comme elle en a eu, c'est comme une tisane après du gin... »

— Si tu n'avais pas trouvé ces bijoux, reprit-elle tournée vers la nuit dehors, tu aurais été chef comptable, finalement ? Tu aurais épousé Nicole, non ?

— Tu plaisantes... commença-t-il.

Mais elle le coupa sans méchanceté :

— Et tu aurais vécu ici ou à Carvin, avec les gosses et la voiture et le pavillon... Tu n'aurais pas été malheureux, au fond...

— Pourquoi ? Pourquoi dis-tu ça ?

Là, elle lui semblait redevenue lointaine, étrangère et féroce. Comment pouvait-elle envisager, même, qu'il puisse vivre heureux avec Nicole à Carvin maintenant ! Maintenant que l'aventure et les sentiments lui avaient été révélés d'un seul coup... ! Maintenant qu'il avait « vécu » tout court avec quelqu'un, elle en l'occurrence ! Et même s'il ne l'avait pas rencontrée, comment pouvait-elle penser que cette vie-là – avec Nicole, Samson et la retraite au bout – aurait pu rendre heureux un homme comme lui ? Elle le connaissait, quand même, à présent ! elle savait qu'il était exigeant pour la compagnie ! qu'il ne parlait pas à n'importe qui, qu'il fallait l'apprivoiser, lui plaire, l'étonner... qu'il fallait, bref, faire tout ce qu'elle avait fait envers lui, pour qu'il se sente vivre et soit heureux ! Aussi est-ce d'une voix indignée qu'il dit :

— Non, tu sais bien que non ! C'est fini, tout ça !, sans savoir très bien lui-même ce que désignait ce « tout ça ».

Et elle-même ne devait pas le savoir non plus (ou alors ils ne parlaient pas de la même chose) quand elle répéta après lui, mais d'une voix beaucoup plus triste qu'indignée :

— Eh oui, c'est fini tout ça... avant de refermer les volets d'abord puis la fenêtre sur la nuit.

« Et sur la conversation », pensa Gueret penaud en entendant le bruit de l'espagnolette dans son dos.

— Je t'ai emmerdée avec mes histoires ! dit-il sans se retourner. Mes histoires de lapin, ce n'est pas bien passionnant, hein ?

Il crut d'abord qu'elle ne lui répondrait pas et il y était déjà résigné quand elle vint s'appuyer au dos de sa chaise. Et alors Gueret, stupéfait, sentit la main de Maria descendre du sommet de sa tête jusqu'à son épaule en ralentissant légèrement sur sa nuque, dans un geste aussi près que possible de la caresse : geste impensable de la part de Maria, geste inespéré pour Gueret. Il sentit son cœur s'arrêter puis repartir à grand bruit, tandis que la voix familière, un peu lasse et mélancolique, disait : « Non, tu ne m'as pas emmerdée… Il y a même des jours où tu m'as fait rire… », ajouta-t-elle, avec douceur.

Sous le choc de cette douceur, il mit une minute à la suivre. Dans le couloir, dans le petit escalier noir à la vague odeur de moisi, mille violons l'accompagnèrent jusqu'à la chambre de Maria.

Les Marseillais lisent le journal du jour, mais il fallut quand même quarante-huit heures à Gilbert Romeut, malfrat de son état, pour débarquer à Carvin. Il y arriva remonté à bloc, enchanté et plein d'une joie secrète. Sans le connaître, il détestait Gueret ; il en avait même été jaloux, dernière séquelle de sa malheureuse passion pour Maria datée au demeurant de plus de vingt-trois ans. Il jubilait. Il jubilait parce que sa part serait plus grande et parce que Maria s'était amourachée d'un petit comptable. Car il connaissait bien Maria, mieux qu'elle ne se connaissait, peut-être. Il avait deviné qu'entre ce garçon et elle l'intérêt n'était pas le seul lien.

Il fut un peu déçu de ce que Maria fût au courant, et encore plus déçu de ce qu'elle fût si calme. Pourtant, autrefois, elle n'aimait pas être dupée par qui que ce soit. L'apéritif traditionnel avalé, Gilbert prit la main de Maria assise en face de lui ; il ouvrait la bouche pour annoncer ses plans, mais elle retira sa main d'un geste effarouché, déconcertant chez elle. Les intentions de Gilbert étaient pures, ô combien…, et il se dit que Gueret, à défaut de courage, avait du tempérament pour avoir su redonner une sensualité, et les pudeurs qui l'accompagnent, à une femme aussi fatiguée de l'amour que l'était devenue Maria.

— Tu as vu ce que j'ai vu ? dit-il d'une voix forte.

Mais Maria l'arrêta tout de suite :

— J'ai vu, Gilbert, j'ai vu. C'est ça qui t'a fait venir ?

Gilbert rougit malgré lui. Il avait l'impression d'être indiscret. Jouant le cynisme, il secoua la tête négativement :

— Non, ma belle, c'est pour une histoire de fric. Tu ne comptes pas partager avec lui, si ? Nous étions trois, nous sommes deux, c'est plus agréable comme ça, à tous les points de vue…

Et, avec autorité cette fois, il reprit la main de Maria et la baisa. Gilbert avait toujours été le dandy du gang, et il était le dernier à regretter les chaussures bicolores.

— J'ai vu, dit Maria toujours avec ce même calme. Que suggères-tu, pour le partage ? Je t'ai mal compris.

— Voyons, dit Gilbert, brusquement vertueux, tu ne vas quand même pas donner cent briques à ce garçon qui ne les mérite même pas ?

— C'est lui qui les a trouvés, objecta Maria.

— Oui, mais ce n'est pas lui qui ira à l'échafaud pour ça... (Gilbert s'énervait comme si elle eût mis en doute un code de valeur irréfutable.) S'il avait risqué sa peau, on lui donnerait l'argent, enfin un tiers, mais là : rien ! Il n'a fait que mentir pour t'épater... On ne va quand même pas lui filer tout cet argent pour sa figuration, si ?

Maria haussa les épaules mais elle semblait résignée et prête à le suivre.

— Parce que « avant » quand on croyait que... dit-elle avec mépris, on lui aurait donné sa part ? Le règlement du milieu ! Tu ne penses pas que c'était plus par trouille que par justice que tu allais la lui donner ? Un homme qui tue, c'est très dangereux, non ? En revanche, un homme qui vole – qui vole même pas : qui trouve –, on peut le laisser tomber, c'est ça ?

— C'est exactement ça, dit Gilbert qui commençait à trouver Maria bizarre. Enfin tu fais ta valise ou pas ? Tu rentres avec moi à Paris ce soir ou tu restes là quelque temps ?

— Pour quoi faire ? dit Maria durement. Que veux-tu que je fasse ici ? Tu as vu ce palais, ce parc..., cette atmosphère... ? (Elle soulignait ses phrases de gestes de la main.) Tu m'imagines restant ici par goût, vieillissant ici, seule avec peut-être un client grognon... et ce chien ! continua-t-elle en désignant Pacha. Et ce chien qui vieillirait et mourrait avant moi ! Est-ce que tu plaisantes, Gilbert ? Je m'en vais, je file, je fuis.

— Qu'est-ce que tu pourrais fuir ? dit Gilbert, vicieusement. L'affaire est classée…

Elle lui tourna le dos et se dirigea vers le petit miroir de la cheminée. À présent, elle se recoiffait, se repoudrait et se mettait du rouge à lèvres. C'était nouveau, ça, c'était inquiétant…

— On peut laisser un petit pourboire à ton zèbre, dit-il, si ça te fait plaisir. Je lui ferai même du un pour cent, si tu veux. Mais le reste, hein, ma petite, nous allons nous en servir et avoir une belle vie, je te le garantis… Personnellement j'aime mieux la Riviera que les mines de charbon ; et toi ?

Elle ne répondit pas, haussa les épaules et sortit de la pièce pour faire sa valise. Gilbert seul dans la cuisine-salle à manger regardait autour de lui avec curiosité. C'était bien la même vieille pagaille de Maria, le même abandon mais aussi pensa-t-il tout à coup, le même « charme ». Les chaises étaient en paille, la nappe en crochet blanc, les casseroles en fonte ; il n'y avait en tout cas ni formica ni matière plastique ni percolateur ou grille-pain ultramoderne. « Que va-t-elle faire de son fric ? se demanda-t-il un instant. Elle n'aime pas s'habiller, elle n'aime pas les voyages… Je la vois mal se payant un minet, avec son orgueil… » Mais déjà Maria redescendait, une seule valise à la main. Gilbert la regarda, étonné :

— C'est tout ce que tu emportes ? ou tu veux qu'on revienne ?

— C'est tout ce que j'ai, dit-elle. Nous passerons aussi à la banque de Lille où j'avais trois francs pour attendre la suite. Et je vais effectivement laisser un pourboire à Gueret. Il a été bien brave, ajouta-t-elle avec un air amusé, bien brave et bien courageux, par moments…

— Il n'empêche, dit Gilbert, il n'y a qu'un cave pour vouloir se faire passer pour un gangster ! Quel minable !…

— Assieds-toi, dit Maria d'un geste large en lui indiquant une chaise de paille. On a le temps, il ne sort qu'à six heures de sa comptabilité. Et je veux lui dire au revoir.

Les yeux de Gilbert s'agrandirent.

— Tu es folle ?… Ou alors c'est du sadisme… Tu veux à la fois le serrer sur ton cœur et lui piquer ses bijoux ?

— Non, dit-elle, mais enfin c'est plus poli. Tu ne le sais pas mais il a refusé d'être chef comptable à cause de moi… à cause des bijoux, rectifia-t-elle. On peut lui dire au revoir, quand même…

Gilbert résigné se reposa sur sa chaise, alluma une cigarette et demanda d'une voix distraite :

— Comment il est, ce type ? Genre nerveux ou genre mou ?

— Pourquoi ? dit Maria. Tu as peur de lui ? Puisqu'il n'a pas tué !...

— C'est par curiosité, maugréa Gilbert, furieux d'être accusé de frousse. Qu'est-ce que tu veux qu'il me fasse ? Regarde...

Il retira de sa poche un de ces fameux couteaux à cran d'arrêt, seul jouet qu'il ait gardé des belles années. Et le chien, soit que le couteau l'effrayât, soit qu'il entendît autre chose, dressa la tête et regarda vers la fenêtre.

— Mais il a peur, ce chien ? demanda Gilbert se levant malgré lui. Et il fallut que Maria, rassurante, le fît rasseoir. « Il est moins fringant qu'à vingt-cinq ans, ce pauvre Gilbert, songeait-elle. Il n'aime plus les bagarres. Ce n'est pas lui qui aurait délibérément été se faire rosser par les videurs d'une boîte... » Mais elle arrêta net ses réflexions. Depuis la veille, elle voyait défiler devant elle toutes les circonstances, tous les épisodes où Gueret avait joué le dur pour l'épater. Elle revoyait, dans cette nouvelle lumière, toutes ses comédies ridicules et bien qu'elle se battît les flancs pour parvenir à la colère, elle n'arrivait hélas qu'à une sorte d'amusement, pas loin de l'attendrissement. Il n'avait pas été dégonflé du tout, ce petit Gueret... pensait-elle en se rappelant la boîte de nuit. Elle revoyait aussi son retour triomphant de l'usine et comment il avait si vite cédé à son chantage qui ne le concernait pourtant pas. Pourquoi alors avait-il refusé ce poste ?… Rien ne l'empêchait de lui dire merde et de la laisser raconter ses sottises à la gendarmerie nationale. Pourquoi avait-il arrosé les fleurs quand elle n'était pas là ? Pourquoi avait-il dormi en travers de sa porte ? Et pourquoi voulait-il absolument chaque nuit lui prouver qu'il était un homme et qu'elle lui plaisait ? Quel jeu jouait-il finalement, en dehors du fait qu'il n'était pas un assassin ?

En tout cas ce jeu-là était fini, lui aussi. Qu'il ait tué ou qu'il n'ait pas tué, qu'il l'aime ou qu'il ne l'aime pas, cela ne menait Maria à rien. Il n'avait pas trente ans, elle en avait beaucoup plus et s'arrangeait pour faire encore plus. Elle avait toujours su qu'elle ne partirait pas pour le Sénégal, au fond… Elle avait toujours pensé qu'elle ne supporterait pas de voir Gueret lui échapper un beau jour pour une femme jeune et jolie, tandis qu'elle-même serait rejetée d'une manière plus dure à sa solitude. Les quelques clichés imaginaires qu'ils avaient vécus ensemble – cliché où l'on voyait sur un fond de bananiers Maria rajeunie, appuyée au bras de Gueret grimpant dans une pirogue ou le cliché où on les voyait lui et elle dans un bar climatisé, se félicitant d'affaires également fructueuses, ou encore le cliché où elle montrait à Gueret ébloui une orchidée jamais vue –, tous ces clichés devaient aller droit à la corbeille et y rejoindre d'autres clichés également extraits de sa vie privée et dont Dieu merci, elle avait maintenant oublié la couleur…

— Tu n'en pinces pas pour lui, quand même ?

La voix de Gilbert la tira de sa mélancolie.

— Moi ?… dit-elle en riant. Moi, amoureuse d'un jeunot, mythomane en plus ?… Mon pauvre Gilbert !… Tu crois que j'ai encore l'âge d'aimer quelqu'un ? L'âge ou l'envie…

— Mais il n'y a pas d'âge… commença l'autre (en bombant le torse et en cherchant de l'index une moustache disparue, faute de poils) quand le chien se mit à aboyer furieusement et se dressa sur ses pattes avant de bondir vers la porte.

En même temps une sirène s'élevait, envahissait l'air autour d'eux et Maria jeta à Gilbert :

— C'est un accident de la mine. Ne t'inquiète pas, on ne va pas nous bombarder.

Et une fois de plus Gilbert allait se vexer de ce qu'elle lui prêtât de la peur ; mais la porte déjà s'ouvrait sur Gueret décoiffé, les yeux brillants d'excitation.

« Pas mal… pensa Maria brusquement, pas déshonorant du tout. » Et elle vit la même appréciation dans l'œil de Gilbert, doublée d'une légère crainte. Elle souhaita très vite que Gueret flanque une raclée à son vieux complice ; elle souhaita malgré elle qu'il prenne les rênes de cette affaire, remonte jusqu'au receleur, se débrouille, soit plus malin, gagne… ! Cet espoir extravagant dura trois secondes, exactement le temps qu'il fallut à Gueret pour poser sa veste soigneusement à la patère, et dire « Bonjour monsieur », d'un ton emprunté.

— Je m'excuse, commença-t-il, d'arriver comme ça, mais il y a eu un accident. On est libres jusqu'à dimanche et je n'ai pas pu te prévenir... ajouta-t-il vers Maria. Enfin, vous prévenir.

Et ce « vous » fit éclater de rire Gilbert rassuré.

— On ne se tutoie pas ici ? dit-il. Bon ! enfin, moi c'est Gilbert et vous c'est... Garot ? Guerin... ? C'est ça ?

— Gueret, dit machinalement le lamentable soupirant de Maria.

Et de fait Gueret était affolé au lieu d'être ravi. Cet homme devait porter l'argent sur lui, il était messager de la fortune mais Gueret ne lui avait pas imaginé cette attitude moqueuse et hostile. Après tout ils lui en laissaient un tiers... Il aurait dû être plus aimable.

— Vous êtes venu en train ? commença-t-il. C'est long, non ?...

— Il est venu en voiture et ne t'en fais pas pour lui.

Maria intervenait d'une voix méprisante. Elle ne l'avait pas regardé depuis qu'il était entré et s'il n'avait pas la veille senti sa main sur sa tête et sur son épaule, il aurait pu penser qu'elle le haïssait – ou qu'elle le méprisait – comme avant. Gilbert jetait des coups d'œil intrigués autour de lui, vers Gueret et vers Maria. Quelque chose ne marchait pas comme il avait pensé… C'était une question de ton, peut-être… Il décida d'aller vite :

— Quel effet ça fait de poignarder un type quinze fois de suite ? s'enquit-il.

— Dix-sept, rectifia machinalement Gueret.

— Oh, pardon ! dix-sept. Ça vous a plu ? C'est amusant ?… C'est pas trop difficile de tuer un gros type comme ça ?

Gueret rougissait, perdait pied.

Maria intervint :

— Arrête, Gilbert, ce n'est pas la peine. Tu as lu le journal ? continua-t-elle en tendant la page fatale à Gueret qui, haussant les sourcils, le prit et s'assit lui aussi près de la table en face de Gilbert.

Ce n'est qu'à ce moment-là qu'il aperçut la valise près de la cheminée et il releva la tête vers Maria qui, d'un geste impérieux du menton, lui ordonna de lire. Et Gueret lut l'article, reposa le journal sur la table sans rien dire. Il avait les yeux baissés, il sentait sur lui le poids des deux regards. Le silence dura quarante secondes ; ce fut Gilbert qui s'impatienta le premier :

— Alors, Jack l'Éventreur ?… Qu'est-ce que tu en penses ?

Gueret ne semblait pas le voir ni l'entendre. Il releva lentement les yeux vers Maria et péniblement articula :

— Je m'excuse, hein… je m'excuse…

— Tu t'excuses de quoi ? dit-elle. De ne pas avoir tué ce type ?

— Non, dit Gueret, toujours d'une voix presque inaudible. Je m'excuse de t'avoir dit que je l'avais fait.

— Tu ne m'as rien dit, répondit Maria, précise. C'est moi qui l'ai cru, c'est moi qui le voulais. J'aurais dû comprendre à ta tête et à ton air en général que tu n'aurais pas pu. Ça m'apprendra…

— Tu ne m'en veux pas trop ?…

Gueret semblait à nouveau revivre :

— Le nombre de fois où j'ai eu envie de te le dire… tu ne sais pas… dit-il. Je suis presque soulagé… c'est marrant, ajouta-t-il en souriant timidement.

— Pour être soulagé, tu vas l'être…

Gilbert intervenait :

— Mon vieux, on te laissait la part du travailleur dans l'affaire, mais maintenant… tu comprends qu'il n'en est pas question. Si Maria veut te laisser quelque chose, je le lui ai dit, je partage le pourboire. Mais pas lourd… une brique, ou deux, quoi… Tu as bien une petite amie quelque part… Enfin, un parent ou un copain, reprit-il précipitamment, se rendant compte qu'il « gaffait », d'une manière tout à fait inattendue au regard que lui jeta Gueret.

— Ça ne fait rien, marmonna ce dernier, ça ne fait rien… Ça m'est égal. Je n'ai pas besoin de pourboire : je ne bois pas… dit-il avec un petit rire misérable.

— Bon, eh bien (Gilbert regardait à droite, à gauche, il lui semblait que ça n'en finissait plus, qu'il fallait agir). Alors on y va, Maria ? Tu viens ?… La voiture est à cent mètres, j'ai dû la laisser tellement ça glisse. Cette saloperie de pays, quand il pleut…

— Je t'ai laissé une enveloppe dans la chambre, dit Maria sans regarder Gueret. Tu pourras t'acheter plusieurs motos avec…, des grosses.

Et elle se dirigea vers la porte que Gilbert venait d'ouvrir.

— Ah mais non ! dit Gueret debout tout à coup, d'une voix blanche qui arrêta net Gilbert. Ah mais non, ça ne va pas se passer comme ça… Où vas-tu ?

— Dis donc, le mythomane… (Gilbert s'était retourné, enfin à son affaire puisque le cave s'énervait.) Dis donc, tu ne vas pas nous casser les pieds… Elle t'a laissé quelque chose… ! bienheureux. Mais maintenant elle file, elle va au soleil, Maria.

— Ah mais non… dit Gueret en secouant la tête. Ah mais non, ça ne peut pas se passer comme ça…

— Tu ne penses quand même pas qu'elle va rester dans ce pays sinistre à te faire cuire des petits gâteaux, non ?… Tu rêves ! Elle va avoir la belle vie, Maria, maintenant. Puis, entre nous, mon vieux, tu la fatigues un peu. Les dégonflés, c'est pas son style, tu sais, à Maria…

— Mais ce n'est pas ça… commença Gueret, ce n'est pas ça du tout…

Gilbert crut comprendre, et son ton devint brutal :

— Si c'est pour le fric, tu peux te brosser, vieux. Maria et moi, on fait fifty-fifty. Tire-toi de là, on est pressés tout à coup. J'aime pas être dans la même pièce que les jobards, moi. Tire-toi… bon Dieu !… ajouta-t-il en élevant la voix, car Gueret s'était mis en travers de la porte, les bras en croix, l'air comme ivre.

— Pousse-toi, Gueret, dit Maria à son tour. Pousse-toi, c'est cuit tout ça…

— C'est son fric qu'il veut… dit Gilbert. Qu'est-ce que tu crois ? Regarde-moi cet abruti : il veut son fric, c'est tout… Mais il ne l'aura pas, poursuivit-il en tirant de sa poche son fameux couteau. Allez… continua-t-il en faisant une arabesque de la lame autour du visage de Gueret, allez, pousse-toi.

— Vous partez si vous voulez, et le fric avec, je m'en fous, dit Gueret d'une voix blanche. Mais pas Maria. Maria, elle reste avec moi. Elle me l'a dit d'ailleurs. On doit aller au Sénégal… je sais même l'horaire des bateaux… Ça fait trois mois qu'on en parle, hein Maria ?… Alors allez-vous-en !

— Tu veux que je parte avec le fric et en te laissant Maria ?

Gilbert avait pris une voix scandalisée, bien que cette idée lui parût assez géniale dans le fond. Si Maria était d'accord, ce serait un joli coup… Mais elle avait froncé les sourcils et respirait à petits coups pressés, signe qu'elle s'énervait, qu'il fallait brusquer les choses :

— Tu vas te pousser ? C'est la dernière fois… Je m'en vais, et Maria aussi. Tu as compris, corniaud ?

Maria fit à son tour un pas vers la porte. Et peut-être Gueret l'aurait-il laissée passer dans son trouble, si Gilbert n'avait eu la galanterie malencontreuse de vouloir lui ouvrir cette porte, c'est-à-dire de toucher Gueret et de le repousser vers le mur. Gueret, d'un mouvement convulsif, se jeta sur lui, l'attrapa par le col et se mit à le secouer sur place, brusquement hors de lui.

— Tu ne vas pas emmener Maria ! disait-il, tandis que Gilbert gigotait au bout de ses poings. Maria va rester avec moi, avec ou sans fric, on s'en fout ! Elle est avec nous : avec le chien et moi... Parce que le chien et moi, on y tient. Vous comprenez ?... Moi je l'aime, Maria, dit-il avec fureur, et je n'ai rien à en foutre du Sénégal ou de Béthune... C'est Maria que je veux, Maria et le chien c'est tout.

— Tu vas me lâcher...

Gilbert étouffait à demi. Il devenait pâle comme le type de la boîte de nuit. Et comme dans la boîte de nuit Gueret ne le voyait pas.

— Lâche-le ! dit Maria brusquement. Lâche-le, Gueret !

— Et Maria aussi nous aime... continuait-il en envoyant la tête de Gilbert taper contre le mur. Elle non plus ne peut plus vivre sans nous... Tu comprends ?...

Mais Gilbert n'avait pas compris ça du tout : il avait compris qu'il allait mourir si ce grand imbécile ne le lâchait pas ; et à tâtons, il récupérait son couteau ; et d'un geste lent mais adroit, l'enfonça dans le ventre de Gueret qui pendant un instant ne sembla pas s'en apercevoir.

— Mais tu vas le lâcher, bon Dieu ! dit Maria qui n'avait rien vu.

Et elle se crut simplement obéie quand Gilbert délivré recula de trois pas vers elle. Alors, elle vit la tache sur le pantalon de Gueret ; elle vit son air étonné et elle le vit tomber en travers de la porte. Le chien vint vers lui en reniflant, l'air éperdu.

— Merde !... dit tout bas Gilbert. Ah, merde ! il m'a fait peur... !

— Appelle l'ambulance, dit Maria simplement.

Mais elle avait vu d'où venait le sang et déjà elle savait la vérité.

L'ambulance vint très vite. Presque trop vite au gré de Gueret qui ne souffrait pas encore et que la vue du sang coulant par saccades étonnait plus qu'elle ne l'effrayait. Maria lui avait mis son manteau sous sa tête – signe qu'elle ne partait pas – et c'était bien le principal. Il se sentait soulagé. Il avait eu chaud, bien sûr, mais maintenant elle savait tout, elle resterait avec lui et argent ou pas ils auraient une vie drôlement agréable. Aussi fut-il amène avec le jeune interne et les ambulanciers et aussi prétendit-il sans effort que c'était un accident. « C'est la rate... », avait dit l'interne en devenant un peu pâle et en accélérant le rythme de ses gestes.

Gueret était à demi étendu dans l'ambulance ; il voyait encore le ciel, les champs, le haut du terril ; et surtout au premier plan le visage de Maria, ses yeux posés sur lui avec une expression bizarre mais tendre.

— Tu seras là quand je rentrerai ? dit-il. Hein ?...

Il se sentait le souffle court, il se sentait pâlir, il avait froid. Quelle idiotie, quand même, cette bagarre… Il avait toujours su que c'était bête de se bagarrer.

— Oui, dit-elle, je serai là.

À présent il était tout entier installé dans l'ambulance. L'interne était près de lui, prenait son pouls, jetait un regard vers Maria qui haussait les sourcils d'un air interrogatif. Gueret, sans rien comprendre, vit l'interne secouer la tête les yeux baissés, de gauche à droite. Le pauvre Gilbert avait perdu tout son entrain, semblait-il. Il fuyait même dans la direction de sa voiture. L'un des ambulanciers commençait à fermer les portes de l'ambulance ; et le ciel se rétrécissait à vue d'œil pour Gueret entre ces deux plaques de zinc peintes en blanc. Il leva la main pour l'arrêter et l'ambulancier obéit par pure gentillesse puisqu'ils étaient si pressés…

— Tu m'attendras… c'est sûr ?… dit-il enroué sans savoir pourquoi. Tu m'attendras… tu jures, Maria ?

Maria se pencha un peu plus dans la légère pénombre de l'ambulance. Il voyait son visage en très gros plan, irréel, « un visage toujours si prompt au mépris, se disait-il, et si tendre parfois quand elle ne fait pas attention… ». Il commençait à avoir mal au côté.

— Je t'attendrai toute ma vie, pauvre con… dit-elle d'une voix sans timbre.

Et l'ambulancier refermant la porte, il ne vit plus que ce mur blanc qui le séparait d'elle.

L'ambulance partit comme une flèche, toutes sirènes hurlantes bien que ce fût inutile. Le chien courut un peu après puis s'arrêta au bout de deux cents mètres quand il se rendit compte de l'inutilité de ses efforts. Il resta au milieu de la route, la tête dans la direction de la ville puis il la tourna vers Maria : elle était immobile au même endroit où Gueret l'avait vue un jour, l'attendant dans sa robe noire. Elle ne bougeait pas.

Le chien hésita, regarda de nouveau la route, de nouveau vers elle, et tout à coup se mit à trotter dans une troisième direction.

Du même auteur :

BONJOUR TRISTESSE,
roman, Julliard, 1954, prix des Critiques.

UN CERTAIN SOURIRE,
roman, Julliard, 1956.

DANS UN MOIS, DANS UN AN,
roman, Julliard, 1957.

AIMEZ-VOUS BRAHMS ?,
roman, Julliard, 1959.

CHÂTEAU EN SUÈDE,
théâtre, Julliard, 1960.

LES VIOLONS PARFOIS,
théâtre, Julliard, 1961.

LES MERVEILLEUX NUAGES,
roman, Julliard, 1961.

LA ROBE MAUVE DE VALENTINE,
théâtre, Julliard, 1963.

TOXIQUE,
journal, illustrations de Bernard Buffet,
Julliard, 1964 ; Stock 2009.

BONHEUR, IMPAIR ET PASSE,
théâtre, Julliard, 1964.

LA CHAMADE,
roman, Julliard, 1963.

LE CHEVAL ÉVANOUI,
théâtre, Julliard, 1966.

L'ÉCHARDE,
théâtre, Julliard, 1966.

LE GARDE DU CŒUR,
roman, Julliard, 1968.

UN PEU DE SOLEIL DANS L'EAU FROIDE,
roman, Flammarion, 1969 ; Stock, 2010.

UN PIANO DANS L'HERBE,
théâtre, Flammarion, 1970 ; Stock, 2010.

DES BLEUS À L'ÂME,
roman, Flammarion, 1972 ; Stock, 2009.

UN PROFIL PERDU,
roman, Flammarion, 1974 ; Stock, 2010.

RÉPONSES,
entretiens, Pauvert, 1975.

DES YEUX DE SOIE,
nouvelles, Flammarion, 1975 ; Stock, 2009.

BRIGITTE BARDOT,
racontée par Françoise Sagan,
vue par Ghislain Dussart,
Flammarion, 1975.

LE LIT DÉFAIT,
roman, Flammarion, 1977 ; Stock, 2010.

LE SANG DORÉ DES BORGIA,
en collaboration avec Jacques Quoirez
et Étienne de Montpezat,
scénario, Flammarion, 1977.

IL FAIT BEAU JOUR ET NUIT,
théâtre, Flammarion, 1979 ; Stock, 2010.

LE CHIEN COUCHANT,
roman, Flammarion, 1980 ; Stock, 2011.

MUSIQUES DE SCÈNES,
nouvelles, Flammarion, 1981.

LA FEMME FARDÉE,
roman, Pauvert et Ramsay, 1981 ; Stock, 2011.

UN ORAGE IMMOBILE,
roman, Julliard, 1983 ; Stock, 2010.

AVEC MON MEILLEUR SOUVENIR,
roman, Gallimard, 1984.

LA MAISON DE RAQUEL VEGA,
fiction d'après le tableau de Fernando Botero,
La Différence, 1985.

DE GUERRE LASSE,
roman, Gallimard, 1985.

SARAH BERNHARDT, LE RIRE INCASSABLE,
fiction, Robert Laffont, 1987.

UN SANG D'AQUARELLE,
roman, Gallimard, 1987.

LA SENTINELLE DE PARIS,
Robert Laffont, 1988.

AU MARBRE : CHRONIQUES RETROUVÉES
1952-1962,
La Désinvolture, 1988.

LA LAISSE,
roman, Julliard, 1989.

LES FAUX-FUYANTS,
roman, Julliard, 1991.

RÉPLIQUES,
entretiens, Quai Voltaire, 1992.

ET TOUTE MA SYMPATHIE,
roman, Julliard, 1993.

ŒUVRES,
Robert Laffont, coll. « Bouquins », 1993.

UN CHAGRIN DE PASSAGE,
roman, Plon, 1994.

LE MIROIR ÉGARÉ,
roman, Plon, 1996.

DERRIÈRE L'ÉPAULE,
roman, Plon, 1998.

BONJOUR NEW YORK,
entretiens, L'Herne, 2007.

UN CERTAIN REGARD,
rassemble Réponses et Répliques, L'Herne, 2008.

MAISONS LOUÉES,
L'Herne, 2008.

DE TRÈS BONS LIVRES,
L'Herne, 2008.

LE RÉGAL DES CHACALS,
L'Herne, 2008.

AU CINÉMA,
L'Herne, 2008.

LA PETITE ROBE NOIRE,
L'Herne, 2008.

LETTRE DE SUISSE,
L'Herne, 2008.

ALBUM SAGAN,
L'Herne, 2008.

TOUT LE MONDE EST INFIDÈLE,
entretiens avec André Alimi, Le Cherche-Midi, 2009.

THÉÂTRE,
inédit, Stock, 2010.

LA FOURMI ET LA CIGALE,
inédit, illustrations de Jean-Baptiste Drouot,
Stock, 2010.

UN MATIN POUR LA VIE ET AUTRES MUSIQUES
DE SCÈNES,
nouvelles, inédit, Stock, 2011.

PAPIER À BASE DE FIBRES CERTIFIÉES

Le Livre de Poche s'engage pour l'environnement en réduisant l'empreinte carbone de ses livres. Celle de cet exemplaire est de :
250 g éq. CO_2
Rendez-vous sur www.livredepoche-durable.fr

Composition réalisée par FACOMPO (Lisieux)

Achevé d'imprimer en août 2012 en France par
CPI BRODARD ET TAUPIN
La Flèche (Sarthe)
N° d'impression : 69676
Dépôt légal 1re publication : août 2012
LIBRAIRIE GÉNÉRALE FRANÇAISE
31, rue de Fleurus – 75278 Paris Cedex 06

31/5685/8